潮風キッチン

喜多嶋 隆

角川文庫
22819

潮風キッチン　目次

1　それでもサバは離さない

サバが、宙を飛んできた。

クルクルと回転しながら、わたしの頭上をこえた。魚市場の濡《ぬ》れた床にべちゃっと落ちた。

わたしは、それに駆け寄る。片手で落ちているサバをつかんだ。そのとたん、

「じゃま、じゃま！」と鋭い声。何かが、わたしのお尻《しり》をど突いた。わたしは前のめりに転んだ。それでも、サバは離さなかった。

10秒後。

「痛《いた》……」とつぶやく。なんとか体を起こした。魚を載《の》せた台車。それを押した魚市場の人が、早足で遠ざかっていく。あの台車に、後ろからど突かれたらしい……。

夜明け前の午前4時半。湘南《しょうなん》。

葉山《はやま》港に面した魚市場。

魚の水揚げでにぎわい、同時に殺気だっていた。1分でも早く、水揚げした魚を出荷するために。男の人たちが、あわただしく動いていた。魚を船から上げる漁師。その魚を仕分けする市場の人たち。そして、仲買人《なかがいにん》などなど……。

わたしは、右手にサバをつかんだまま、のろのろと起き上がった。濡れた魚市場の床に転んだので、頬が冷たく、床に打ちつけた肩も痛い。

けど、仕方ない……。

魚市場の中には、鋭い声が飛びかっている。魚を載せた台車が、慌《あわただ》しく走り回っている。

またど突かれないように、わたしは拾ったサバを手にして、そそくさと魚市場を出た。

見上げた空は、蒼《あお》く明けかけている。が、市場周辺の道路はまだ薄暗い。

そんな中。エンジンをかけたトラックのライトが光っている。ここ相模湾《さがみ》で獲《と》れた魚介類は、すぐさま冷蔵トラックで東京や横浜《よこはま》に出荷されるのだ。

いまも、一台のトラックが動き出した。わたしは、トラックに轢《ひ》かれないように道路の端によける。サバの尾ビレをつかみ、ぶら下げたまま海岸通りを歩き出した。

とりあえず、冷えたミネラルウォーターのように新鮮な潮風を胸に吸い込みながら……。


5分ほど歩いて、うちに着く。一階は主に店で、二階は住居になっている。

その一階の窓ガラスに、自分が映っていた。サバをぶら下げている十代の女の子。ストレートな髪は、真ん中で分けている。

まだ4月。しかも肌寒い夜明けなので、デニムのジャンパーを着込んでいる。店のドアには〈臨時休業〉の貼り紙。わたしはドアを開け、誰もいない店に入った。ほっと息をつく……。


そして、午後4時半。店のキッチン。黄昏《たそがれ》の陽が射し込んでいる。

わたしは、まな板にサバをのせ、〈なるほど〉とつぶやいた。

サバの胸ビレは、千切れてしまっている。なので、傷物として魚市場の仕分けではねられたのだ。

このあたりの漁は、主に定置《ていち》網《あみ》か底曳き《トロール》網漁。網に入った魚介類がまず船に上げられ、次に岩壁に上げられ、すぐそばの魚市場に……。

ごつい網で大量の魚介を水揚げするので、傷がつく事は多い。魚の首が折れる。ヒレが千切れる。ウロコがはがれる。

イカの脚《あし》なども、千切れてしまったり……。

このあたりから東京あたりに出荷された魚介類は、おおむね高級スーパーやデパートの地下売り場、いわゆるデパ地下などに並ぶらしい。〈朝獲《ど》れ！〉〈相模湾から直送！〉などと表示されて。

そんな小ぎれいな売り場で、傷物の魚介類は嫌われるようだ。見栄《みば》えがいい物だけが商品として並ぶという。

だから、傷物になった魚介類はあらかじめ地元の魚市場ではねられ、捨てられる。

今朝のわたしのようにそれを拾っていても、本気でとがめる人はいない。もちろん、邪魔《じゃま》者《もの》扱いはされるけれど……。

わたしは、肩まである髪を後ろで束ねる。出刃包丁《ぼうちょう》を手にサバのウロコを取りはじめた。

包丁を動かすと、飛びはねた細かいウロコが夕陽に光った。

ジュッという音。香ばしい匂いが、キッチンに漂いはじめた。

フライパンの中にサバがいる。塩焼きはさすがに飽《あ》きたので、油で焼いていた。わたしはオリーブオイルを大きなフライパンに引き、サバを丸ごと焼いていた。これで夕食はなんとかなるだろう。

……そろそろ、サバに火が通った。わたしは、それをお皿にのせた。香ばしい匂いが漂っている。

そのときだった。ニャッという声。換気のためにキッチンの窓は10センチほど開けてある。そこに、丸々と太った猫の顔……。

「ジョーンズ」わたしは、つぶやいた。


この茶トラは、このあたりに住み着いている雄《おす》のノラ猫だ。

すぐ近くに、徳《とく》さんという中年の漁師が住んでいる。徳さんは、漁師だけれど、昔から洋楽のマニア。ジャズ系のシンガー〈ノラ・ジョーンズ〉が好きらしい。そこで、この太ったノラ猫を〈ジョーンズ〉と呼びはじめた。

以来、近所のみんなは、この猫をジョーンズと呼んでいる。

そのジョーンズが、窓のすきまから顔をのぞかせている。肉まんのように横広がりの顔……。魚を焼く匂いにつられてきたのだろう。

仕方ないなぁ……。わたしは、つぶやいた。ジョーンズは人懐《ひとなつ》っこいので、以前からうちでも餌をあげていた。しかも、このサバはかなり大きい。ジョーンズにも分けてあげるか……。

わたしは、窓を開けた。ジョーンズは、またニャッと鳴く。のそのそとキッチンに入ってきた。わたしは、小さめのお皿を出す。焼いたサバの身をほぐし、少しだけお皿にのせた。

それを、キッチンの床に置いた。ジョーンズは、皿の上のサバをはぐはぐと食べはじめた。

そのとき、店のドアをノックする音。

わたしは、ドアを開けた。中村《なかむら》さんが立っていた。彼は、うちの店のお客。わたしを見ると、

「やあ、ミカちゃん」と言った。わたしの名前は、海果《うみか》だ。けれど、中村さんは省略して〈ミカちゃん〉と呼んでいる。

「臨時休業って、どうしたんだい。エミさんは？」と中村さん。〈エミ〉は、わたしの母さんだ。わたしは、口ごもる。

「あの……ちょっと具合が悪くて……」と言った。まさか、〈母さんは、男の人とどこかへ消えてしまって〉などと本当の事を言うわけにはいかない。

「具合が悪いって、風邪かなんか？」

「ま、まあ……。今朝から寝込んでて」とわたし。

「そうか、それは気をつけないと……」と中村さん。しばらくわたしと話し、「また来るよ」と言った。わたしは、「すみません」と頭を下げた。

「あぁ！」

わたしは思わず口を半開きにしていた。中村さんが帰って行ったところだった。

キッチンに戻る。調理台に置いたお皿を見た。けど、そのお皿の上に焼いたサバはない。

あたりを見回す。床の上。猫のジョーンズが、サバを食べていた。正確に言うと、ほとんど食べ終え、頭と骨だけが床の上にある。

やられた。わたしが中村さんと話をしているすきに、ジョーンズがお皿からサバを盗《と》ったのだ。

「こいつ！」わたしは、ジョーンズを睨《にら》みつけた。けれど、やつは知らん顔。最後のひと口を食べ終えた。憎たらしい事に、片手で顔を撫《な》ではじめた。満足そうな表情で……。

わたしは、唇を噛《か》んだ。ジョーンズを叱っても仕方ない。ノラ猫なのだから。サバを盗られたわたしが間抜けだったのだ。高校の同級生には、いつも〈ボケナス娘〉だの〈カピバラみたいなやつ〉だのと言われ続けてきたけれど……。

カピバラは、あんまりだと思う。けれど、当たっていないかと言うと自信はない。

満腹になったらしいジョーンズが、かすかにゲップをした。

はぁ……。わたしは、大きくため息。大の字に寝転んだ。二階の部屋。自分のベッドだ。

「お腹すいた……」とだけつぶやいた。もし、このまま餓死したら、新聞にどんな見出しが出てしまうのだろう。

〈女子高生、自宅で餓死か。神奈川県葉山町〉

いや、わたしが女子高生だったのは10日前までだ。とすると、〈18歳少女、謎の餓死。神奈川県葉山町〉。

どっちにしても、かっこ悪すぎる。やだやだ……。わたしは、首を横に振った。のそのそと起き、一階の店におりる。そのキッチン。炊飯器を開けた。底の方に、ほんの少しのご飯がへばり付いている。それをスプーンでこそげ取る。ピンポン玉ぐらいの小さなおむすびが出来た。そこに、塩を振る。

ゆっくりと口に運んだ。ジョーンズの姿は、もうない。

……わたしは、肩を落としてつぶやいた。

だか午前5時。魚市場だ。今日も、水揚げしたものの、仕分けではねられた魚が、場の隅に転がっていた。

けれど、まともなものがない。猛毒のあるショウサイフグ。小形のイタチ鮫《ざめ》。ギザギザの歯をむき出しにしてこちらを睨んでいるウツボなどなど……。食べられそうなものがない。

そのときだった。近くで、イカを仕分けしている人に気づいた。大きなポリバケツに、水揚げされたマルイカがたくさん入っている。それを一パイずつ手にとり、チェックし、発泡スチロールのトロ箱に並べている。

若い男だった。背が高く痩《や》せている。着ている紺のスタジアム・ジャンパーに見覚えがあった。昨日、魚をのせた台車で、わたしのお尻《しり》をど突いた人だった。

わたしは、恐る恐るその人を見ていた。

すると、その人は、一パイのマルイカを手にして眺めている。そのイカは、脚がかなり千切れてしまっている。傷物……。彼は、マルイカを市場の隅に投げようとした。

そのとき、近くにいるわたしと目が合った。

「いるのか？」と訊《き》いた。わたしは、ただ小さくうなずいた。

彼は、ぶっきらぼうに、「ほら」と言い、イカを投げてよこした。乱暴に投げられたイカを、わたしはつかみそこねた。イカが、べしっと顔に当たり床に落ちた。彼は、そんなわたしは無視。またイカの仕分けをはじめた。わたしは、しゃがみ込み、床に落ちたイカを拾い上げた。

5分後。わたしは、イカをぶら下げてのろのろと歩いていた。このイカを投げてよこした人の顔を思い出す。ひとを馬鹿にしたようなあの目つき……。

〈ひどいやつ……〉と胸の中でつぶやいてみた。悔しさで、少しだけ涙があふれた。夜明けの海岸通りがにじんでいる。蒼《あお》く明けていく朝の空。カモメが三、四羽、ゆっくりと飛びかっている。

午後の2時過ぎ。

「海果、いるか!?」と大きな声が一階で響いた。ベッドでうとうとしていたわたしは、っすらと目を開けた。あの声は……。

2　セーラー服にも、第二章がある

「海果！　生きているのか!?」

また、階下から大きな声。その声は、奈津子《なつこ》。１００メートルほど離れた所に住んでいる。

わたしと同じ年で、小学校から高校までクラスメイト。幼なじみではある。

盗られるものなど何もないので、一階のドアに鍵《かぎ》はかけていない。やがて、奈津子が階段を上がってくる足音。安普請《やすぶしん》の家だから、階段がきしむ。

「おお、生きてたか」と部屋の入口で彼女の声がした。

「生きてるけど……」わたしは、のろのろとベッドで起き上がった。

「海果、今朝、イカぶら下げて歩いてただろう。しかも、べそかきながら」と奈津子。

「ジョギングしてた兄貴が見かけてさ」と言った。奈津子のお兄さんは、大学の陸上部員だ。

「そっか……見られちゃったんだ……」わたしは、ぼそっとつぶやいた。

「やっぱり、お金に困ってたか」と奈津子。わたしは、無言でうなずいた。

「ひどいもんだね。下の冷蔵庫には、イカが一パイだけ」と奈津子。そばにあるわたしの財布を手にとり、勝手に開け、逆さにして振った。

中身が、カーペットに落ちた。百円玉が一つ。十円玉が三つ……。「しかも、全財産がこれか」と奈津子は苦笑い。

「ほら、貸してやるよ」奈津子が言った。ヨットパーカーのポケットから、千円札を三枚ほど出した。

「これ……」

「めぐんでやるんじゃ、プライドがズタボロになるだろうから、貸してやる。無利子で」彼女は言った。

「でも」わたしは、つぶやいた。奈津子は、中学時代からウインドサーファー。いまはプロの卵だ。けれど、メーカーとの契約などはまだ出来ていない。収入は少ないはずだ。

「気にしないでいいよ。ちょっとした臨時収入があってね」

「臨時収入？」

「そう。もういらなくなった高校の制服を、リサイクルに出したのさ」彼女は言った。

「セーラー服を？」

「そう。ネット・オークションでかなり高く売れた。まあ、セーラー服にとっての第二章ってわけ」

「へえ……」わたしは、つぶやいた。「それ買ったのって、水害で家が流された人とか？」と訊いた。奈津子は、首を横に振った。

「お前さんらしいガキの想像だけど、ぜんぜん違う。買ったのは、たぶんおじさんだよ」と言った。「おじさん？」とわたし。

「そう。おじさんか、お兄さんか、とにかくスケベな男の人。にぶいあんたでもわかるように説明してやろうか」と奈津子。使用済みのセーラー服などを売り買いする半ば闇《やみ》のオークション・サイトがあるという。

「でも……なんのために制服を？」

「さあね。買った人がどうするかなんて、知らないけど」と彼女。肩をすくめた。

「ついこの前まで女子高生が着てた制服を、眺める、香りを嗅《か》ぐ、もしかしたら自分の彼女に着せてみるとか……」

「えぇ？」わたしは、思わず口を半開き。それを見て、

「相変わらず、お子ちゃまだねえ」と奈津子。また苦笑い。彼女は、わたしとまるで逆で、かなりしたたかに生きている。

「あ、そうだ。海果の制服もあるよね」そう言った3秒後、奈津子は素早くわたしのクロゼットに歩く。小さなクロゼットを開けた。

「何……」というわたしの言葉は無視。わたしが先月まで着ていたセーラー服を取り出していた。「程《ほど》よくくたびれてて、いいね」

「それ、どうするの」

「どうって、オークション・サイトで売るに決まってるじゃない。わたしが売ってやるよ」

「やだやだ、恥ずかしい！」わたしはあせって、奈津子の手からセーラー服を取り返そうとした。けれど、空腹で力が入らない。つまずいてカーペットに転んでしまった。

「何が恥ずかしいの。お金に困ってるんでしょう。しかも、もう用のないセーラー服じゃない」と奈津子。「売るのは服で、その中身の体を売るわけじゃないんだから、どうって事ないよ」彼女は言った。その言葉には、有無《うむ》を言わせない迫力があった。

「そうだ。海果だってショーツ穿《は》くよね。若い娘《こ》がはいてたショーツ、サイトですごく高く売れるんだ」

と奈津子。クロゼットの隣りにある安物の箪笥《たんす》に近寄る。わたしには、もう抵抗する気力がなかった。彼女は、箪笥からわたしのショーツを取り出した。それを拡《ひろ》げて、

「何これ？　お前さん、中学生？」と言った。

　わたしのショーツは、白の無地で確かに子供っぽい。いわゆる色っぽいビキニ型ではない。

　奈津子が言うように、中学生の子が穿《は》くようなものかもしれない……。けれど、男の人の前で下着姿になるような状況は、まだなかった。なので、そういう事をあまり考えずにきてしまったのだ。

「こんなガキのパンツじゃ、売り物にならないね……」彼女はつぶやいた。わたしのショーツを箪笥に戻した。

「とにかく、セーラー服はオークション・サイトに出してみるよ。3千円でも4千円でも、いまの海果には必要だろうから」と奈津子。部屋を出て行こうとして振り向いた。

「で……母さんからはなんの連絡も？」と訊《き》いた。わたしは、かすかにうなずいた。

「〈ママは突然死んだ〉ならダークなミステリー小説みたいだけど、〈母さん、突然、男とずらかった〉じゃ、どうしようもないね……ギャグにもならない」

　奈津子は言った。彼女はしたたかなウインドサーファー娘でもあり、反面、よくミ

ステリー小説を読む子でもある。わたしは、彼女が置いていってくれた千円札をぼんやりと眺めていた……。

その日の夕食。煮たイカと、奈津子から借りたお金で買ったレトルトご飯でなんとかなった。「やれやれ……」とつぶやきながら、夕食をすませた。とりあえず、しばらく餓死はしないですみそうだ。

けれど、本当の災難は翌日にやってきた。

柔らかい春の潮風が、わたしの頰をそっとなでる。ふわっと髪を揺らせる。

午前11時。歩いて20秒の森戸《もりと》海岸。その砂浜で、わたしはワカメを拾っていた。いまは、春ワカメのシーズン。海底から千切れたワカメの切れっ端が、波打ちぎわに打ち上げられていた。新しい生命力を感じさせる海藻の匂いが、あたりに漂っている。

わたしは、片手に小型のポリバケツを持っていた。そこに拾ったワカメを入れていく……。

ふと顔を上げれば、海には小型のヨットが何艇も出ている。白い帆《セイル》が右に左に動いている。大学のヨット部が、ディンギーつまり小型のヨットを操《あやつ》って練習をしているのだ。

ある人にとって、海はスポーツや楽しみの場。そして、わたしにとっては生活の場……。それ以上は考えてもはじまらない。わたしはポリバケツをぶら下げて、ふっとため息……。ぼんやりと水平線を眺めていた。

その人が来たのは、午後の2時過ぎだった。

わたしは、キッチンで拾ってきたワカメを茹《ゆ》でていた。ドアをノックする音。わたしは、ガスコンロの火を絞った。ドアを開けた。

見知らぬ男の人が立っていた。四十代だろうか。グレーのスーツにネクタイ。メタルフレームの眼鏡をかけている。黒いカバンを持っている。

横分けにした髪は、相当薄くなっていて、バーコードのようだ。銀行の人。でもなければ、役所の人。そんな感じだった。彼は、

「浅野《あさの》さん？」と訊いた。わたしは、うなずいた。浅野は、うちの苗字《みようじ》だ。彼は、

「浅野エミさんの娘さんだね」と言った。眼鏡の奥から、クールな視線……。

「ええ……」とわたし。彼は、ポケットから名刺を出す。「私は、こういう者で」と言い差し出した。〈逗葉《ずよう》信用金庫〉とあり、〈融資課・主任〉とその下に印刷されている。名前は、〈葛城高史《かつらぎたかし》〉……。

「お母さんが、お金を借りてた？」わたしは思わず訊き返していた。コンロの火を止めたわたしは、テーブルで葛城と向かい合っていた。

「知らなかったのかな？」と葛城。わたしは、うなずいた。

彼が、相変わらず冷ややかな表情で説明をはじめた。母さんが、彼の信用金庫からお店の運転資金を借りていたという。

「これが、いわゆる借用証……」と葛城。何かの書類を出して見せた。どうやら、母さんが信用金庫からお金を借りた、その証拠になる書類らしい。わたしの心に黒い雲が広がりはじめた……。

「お母さんは3年半前から、店の運転資金の融資をうけ続けていた。この店と土地を担保《たんぽ》に……」

「え……タンポン？」わたしが訊き返すと、葛城は一瞬むせた。

「あ、あの……そうじゃなくて、お店の建物と土地をかたにして、うちから資金を借りてたんだよ。それで君にもわかるかな？」と言った。

　わたしは、かすかにうなずいた。

　母さんは、どう考えても、しっかりした経営者ではなかった。店で出す刺身などは、近所の鮮魚店から仕入れていた。値切りもせず……。

しかも、居酒屋としては勘定がわりと安かった、それはわたしにもわかった。シングルマザーだった母さんは、やはり寂しかったのだろう……。だから、彼女の顔を見にきてくれる常連客が心の支えだったのだと思う。〈エミさん、エミさん〉と言ってくれる客たちが……。

それにしても、こんなアバウトな経営でよくやっていけるなとは、ボケナスなわたしでも薄々と感じていた。でも、店はやっていけてなかったのだ。信用金庫から借金をしていたわけだから……。

「で、母さんはいくら借金を……」わたしは、恐る恐る訊いた。

葛城は、テーブルに広げた書類の一カ所を指さした。金額が印字されている。32万……。わたしはその金額を見ていた。やがて、気づいた。ひと桁《けた》違う。

「ここにある通り、この3年半で融資した金額と利子を合算《がっさん》して、３２５万円」と葛城。

「はぁ？」わたしは、思わず口を半開き……。さんびゃくにじゅうご……とつぶやいた。

3　泣いてる場合じゃないだろう

わたしは、口を半開きにしたまま……。ただ、茫然《ぼうぜん》としていた。葛城は無表情。

「しかも、この半年ほど利子の支払いも滞《とどこお》ったままで、何の連絡もない。そこで、来てみれば、店は休業中。で、お母さんは？」と訊いた。

わたしは、5秒ほど考える。「あの、旅行に行ってて……」

「旅行？　どこに？」

「それが、ハワイだったか、韓国だったか……」とりあえず言ってみた。彼は、小馬鹿にしたような薄笑いを浮かべた。「あの、無理しなくていいよ。裏はとれてるんで……」

「裏？」

「ああ、この店によく通っている常連客から情報を集めてあるよ。どうやら、お母さんはどこかに姿をくらましたようだね」彼は言った。信用金庫の職員だけあって、奈津子のように〈男とずらかった〉などと下品な事は言わない。下品ではないが、なんの情もない口調だった。

ひらりと、一枚の書類がテーブルに置かれた。

「これは？」

「この土地家屋の謄本《とうほん》だよ。ほら、ここを見て」と葛城は指差した。そこには、〈抵当権の設定〉の文字。そして、〈逗葉信用金庫〉と印字されていた。確かに、3年半前の日付になっている。

「はあ……」とわたし。彼は、軽く咳払《せきばら》い。

「うちとしても、こんな事はしたくないんだが、信金の上司から指示が出てね。これ以上、猶予《ゆうよ》するわけにはいかないんだ」

「って言うと？」

「融資した資金や利子の回収が不可能となった場合は、この抵当権を行使する事になるね」

「それって……」わたしは、また恐る恐る訊《き》いた。彼は、その謄本を見たまま、

「この土地家屋を競売《けいばい》にかけて売却し、融資した金額を回収するしかない」

「……うちの土地家屋を売り払う？」とわたし。彼は、無言でうなずいた。相変わらず冷ややかな声で、

「君には気の毒だが、そうせざるを得ない」と言った。そして、「さっそく明日《あした》、土地家屋の査定《さてい》に、うちの者が来る手はずになってるよ」

「うっ……」

涙があふれた。唇をきつく結んで、こらえていた。けれど、心の中で細い糸がぷつりと切れた。思わず、涙があふれてきた……。

午後の4時半。歩いて20秒の森戸海岸。

わたしは、浜昼顔《ハマヒルガオ》の蔓《つる》が生えている砂浜に座り込んでいた。両膝《りょうひざ》をかかえて……。

涙は、頬をつたい砂に落ちた。さらさらとした砂浜に染み込んでいく。

そんな……。胸の中でつぶやいた。家が売り払われる。わたしの住んでいる家が……。けれど、いまはその事よりお爺《じい》ちゃんの顔が思い浮かぶ。あの家には、わたしとお爺ちゃんの思い出が染みついている……。

お爺ちゃんは、地元である葉山生まれの漁師だった。けれど、三十代初めに怪我を

した。

船と岸壁に挟《はさ》まれて右膝の骨が砕けたのだ。そして、右脚を軽く引きずらないと歩けなくなってしまった……。

漁師としてやっていくのが難しくなったお爺ちゃんは、家の一階を作り変えて、魚料理の店を開いた。お爺ちゃんは、もともと料理が上手だった。

わたしが、物心ついた頃、お爺ちゃんは店の厨房《ちゅうぼう》に立っていた。きびきびとした包丁さばきで料理をしていた。

痩《や》せていて、背筋が伸びたその姿は、わたしの記憶にしっかりと刻まれている。ごつごつと骨ばった手で、心のこもった料理を作るその姿が……。

わたしが小学生になると、お爺ちゃんは魚のさばき方を教えてくれた。小さかったわたしは、台に乗り包丁を使いはじめた。すぐに慣れていった。

お爺ちゃんは、ほかにもいろいろと教えてくれた。魚釣りや、タコ壺《つぼ》のかけ方などなど……。

その中でも楽しかった思い出は、磯にある。

近くの芝崎《しばさき》にある磯に、よく行ったものだった。半分は磯遊びだけど、本当の目的はフジツボだ。

磯にへばりついているフジツボ。それは、出汁《だし》の素《もと》になる。磯からはがして採《と》ってきたフジツボで出汁をとった味噌《みそ》汁は、とても美味《おい》しい。お店では人気だった。

なので、お爺ちゃんの店はフジツボからとって〈ツボ屋〉という店名だった……。

そんな日々を、思い出していると、また涙があふれてきた。涙は頬を濡《ぬ》らし、砂にぽたぽたと落ちる……。

いくら懐かしんでも、もう還《かえ》らない日々だ……。遅い午後の陽射しが、海をグレープフルーツの色に染めていた。座り込んでいるわたしのそばでは、浜昼顔の小さな葉が潮風に揺れている。

けど、泣いている場合じゃなかった。

翌日。午前11時。男の人が二人、やってきた。中年の人と若い人。二人とも、逗葉信用金庫の名刺を出した。図面を片手に、家を見はじめた。どうやら査定という事らしい。一階の店や二階。そして、家の周囲も見て回る。1時間ほどかけて、見ていた。

やがて、二人は顔を見合わせる。何か小声で相談している。

「……では、詳しい事は後日、葛城の方から」と言い帰っていった。

その子を見たのは、夕方の6時近くだった。

わたしは、すぐ近く、葉山マリーナの隣りにあるコンビニに行った。夕食を作る気力がないので、何か買おうとして、コンビニに入っていった。奈津子が貸してくれたお金が、まだ少し残っている。

コンビニは、すいていた。わたしは、一番安いチャーハンを棚からとる。レジに持っていく。

レジには、子供の客がいた。小学生らしい女の子だ。サンドイッチを二つ買おうとしていた。玉子のサンドイッチとハムのサンドイッチ。

レジに示された合計金額は、３９５円。

その子は、小学五年か六年生に見えた。髪は、ポニー・テールにしている。スヌーピーの絵がついたおサイフを開け、お金を出した。女性店員が、お金を数え、

「あと５円ね」と言った。その子が出したのは３９０円らしい。５円たりない……。けれど、その子はおサイフの中をのぞいて、

「あ……」とつぶやいた。じっと固まっている。もしかしたら、たまたま持ってきたお金がそれしかないのだろうか……。やはり、そうらしい。その子は、しばらくうつむいている……。やがて、サンドイッチの一つを棚に戻そうとした。そのとき、わたしは、

「ちょっと」と声をかけた。彼女が振り向いた。わたしは、

「これ……」と言い、とり出した五円玉をレジに置いた。たいした理由はない。たった5円がたりなくて……。それが、ちょっと可哀想に思えたからだ。

レジの店員が、わたしを見てうなずいた。わたしがその子の知り合いに見えたのかもしれない。

自分のチャーハンを買い、わたしはコンビニを出た。すると、あの子が立っていた。わたしと向かい合う。

「あの……すぐ返すから」とだけ言った。何か怒っているような硬い声だった。そして、きつい目つき……。たとえ5円でも、お金を借りて子供なりのプライドが傷ついたのだろうか。かなり生意気なやつ……。

彼女は、ジーンズに綿のトレーナーというスタイル。地元の子らしく肌は褐色ですべすべしている。その年頃なので顔は丸みが目立つ。

「いつでもいいわよ」わたしは言った。自分の家の場所を言った。その子は、相変わらず硬い表情でうなずき足早に立ち去っていく。

家に歩きはじめて、わたしは考えていた。いまの子……。午後6時にコンビニで買い物をしている。という事は、あのサンドイッチが彼女の夕食……。何か家庭の事情があるのだろうか。ちょっとだけ気になった……。

「ビンゴ！」と奈津子がうちに来るなり言った。

「何……」

「売れたんだよ、あんたのセーラー服」と奈津子。わたしは、口を半開き……。

「作戦が当たった」と彼女。「作戦？」とわたし。

「そう。セーラー服をオークションに出すとき、写真もつけたんだ。可愛いけど全然売れなかったアイドルの写真」

「売れなかったアイドル？」とわたし。彼女はうなずく。

「そう。10年ぐらい前にデビューして、まるで売れなかった子。顔はけっこう可愛いんだけどね……。でも、そんな顔、誰も覚えてないし」と奈津子。

「たまたまネットでその子の画像を見つけたんで、セーラー服と一緒にオークション・サイトにアップしたの。〈私が着てたセーラー服買ってください〉って。そしたら、スケベで間抜けな連中が食いついたよ。いくらで売れたと思う？」と彼女。何枚かのお札を出しながら、

「オークションでどんどんせり上がって、なんと6万5千円！」わたしは、ただ呆気《あっけ》にとられていた。同じ年齢《とし》とは思えないしたたかさ……。

「この前貸した3千円を引いて、ほら6万2千円」奈津子は、お札を渡してくれた。

わたしは、呆《あき》れながらも、

「す、すごいね……。ありがとう」と言った。とりあえず、これでしばらくは生きていける。

その10分後。

「家が売り払われる？」と奈津子が訊《き》き返してきた。「そうなるかも……」わたしは、うなだれて言った。信用金庫とのやり取りを簡単に話したところだった。

「そりゃ、やばいねぇ」と奈津子。「2、3日なら、うちに泊めてもいいけど。でも、それじゃたいした意味ないか……」とつぶやいた。わたしも、うなずいた。〈ホームレス〉などという言葉が頭のすみをよぎった。

金曜日の午後。コンビニで5円を貸したあの子がやってきた。店のドアをそっと開けて、丸い顔をのぞかせた。

「ああ、あんた……」わたしがうなずくと、その子は店に入ってきた。膝《ひざ》たけのジャージ上下を着ている。まだ春先なので、上半身には、綿のパーカーを羽織っている。学校帰りなのか、紺のデイパックを背負っている。それを見たわたしは、

「中学生なんだ……」とつぶやいた。

その子が着ているジャージの上下。それは、わたしもかつて通っていた地元の中学

のものだ。

制服を窮屈《きゅうくつ》に感じる子は、この学校指定のジャージで通学してもいい事になっている。わたしも、主にこれで中学に通っていたものだ。その子のジャージがま新しいので、

「一年生？」と訊いた。彼女は、無言でうなずいた。いまは4月初め。という事は、中学に入ったばかりなのだろう。

膝たけのジャージからのぞいている脚は、葉山の子らしく陽灼《や》けしているが、まだ子供っぽく細い。中学一年にしては、やや小柄だ。この前、小学生に見えたのも不思議ではない。

「これ……」とその子。五円玉を差し出した。相変わらず、怒ったような声。ぶすっと無表情……。わたしも無言でそれを受けとった。

「じゃ、返したからね」とその子。ぶっきらぼうに言う。店のドアを開けて出ていこうとした。そのとき、ふいに両手でお腹を押さえた。前かがみに上半身を折っている。

やがて、あせった声で、「トイレ貸して！」と言った。

4 明太子に、やられた

「大丈夫？」

わたしは、トイレの外から声をかけた。その子はディパックを放り出して、店のトイレに駆け込んだ。その3分後だった。わたしが〈大丈夫？〉と声をかけても、中からは、

「う……」と小さなうめき声が聞こえてくるだけ。

さらに5分……。トイレから出てこない。わたしは、ふと気づいた。あのあわて方。しかも、あの年齢。もしかしたら、ふいに初潮がきてしまったとか……。わたしはトイレのドアに近づく。

「恥ずかしがらなくていいけど、生理？」と訊いてみた。すると、「ち……違う。お腹がピー」という声が聞こえてきた。

「やっと出てきたか」わたしは言った。トイレに入ってから15分は過ぎただろう。その子の顔色はよくない。額にあぶら汗をかいている。

「何でお腹をこわしたの」わたしが訊いたとたんだった。「あっ、また出ちゃう！」とへっぴり腰でトイレに駆け込んだ。かなりひどい下痢……。

その20分後。

二階にあるトイレの前の廊下に、母さんが使ってた布団を敷いた。その子を無理やり寝かせた。彼女は、目を閉じて寝ている。顔にうっすらと汗をかいている。おでこに触れてみる。少し熱もあるようだ。

わたしは、一階に降りた。彼女のデイパックを手にした。かなりひどい食あたり。もしかしたら食中毒……。病院に運び込むような事になったら、名前ぐらいは知っておかないと……。

学校指定の通学用デイパックなので、クラスと名前を書いたタグがついている。〈1年C組　本田《ほんだ》愛《あい》〉と書かれている。とりあえず、名前はわかった。

わたしは、また二階に上がった。愛は、布団の上にいなかった。またトイレに入っているらしい。

その後も、10分か15分おきに愛はトイレに入る。出てきては、布団に仰向《あおむ》けになる。やがて、その目尻《めじり》に涙が光っているのが見えた。

気の強そうな子だけに、この状況がかなり情けないのだろうか……。本格的に泣き出すかなと思った。けど、唇を噛《か》んでこらえている……。

「最後に食べたのは？」わたしは訊《き》いた。

「明太子《めんたいこ》のおにぎり」ぼそっと言った。

「コンビニの？」訊くと愛は、首を横に振った。「……自分で作った」と鼻水まじりの弱々しい声で言った。

「明太子は、いつ買ったやつ？」

「……1週間ぐらい前」と愛。「たぶん、それだ」わたしは言った。明太子にやられたんだ……。いたんだ生タラコや明太子、つまり魚卵系で食あたりすると大変だとは知っている。

わたしは、冷蔵庫からスポーツドリンクを出した。それをコップに注ぎ、常温になるまで待った。下痢をし続けると、脱水状態になるだろうから……。それを飲ませると、彼女の様子は少し落ち着いてきたようだ。

「家は、どこ？」と訊くと、海沿いにあるマンション名を口にした。こぢんまりとした質素なマンション。うちからだと、歩いて7、8分はかかる。

「自分で帰れる？」わたしは訊いた。そのとたん、「あっ、また出ちゃう！」と愛。トイレに駆け込んだ。やがて、サックスで低音を吹いたような音がかすかに聞こえた。

　気がつくと、薄暗くなりはじめていた。

愛は、相変わらず。かすかに眼を開き仰向けに寝ている。まだ、1時間に2、3回はトイレに入る。少し熱があるので、わたしは水で湿らせたタオルを額にのせてあげた。

　そうしながら、さっきのやり取りを思い出していた。愛は、明太子のおにぎりを自分で作ったと言っていた。

「おにぎり自分で作ったって……お母さんは？」と訊いた。彼女は、しばらく黙っていた。やがて、ぽつりと小さな声で、「お母さんは、いまいない」と言った。

「いない？」

「入院してる」また、ぼそっと言った。「入院……」わたしがつぶやくと、かすかにうなずいた。悪性リンパ腫《しゅ》を発症して、もう1年以上、横須賀《よこすか》の病院に入院しているという。

「悪い事、きいたかな？」と言うと、彼女はかすかに首を横に振った。

「もう、慣れた……。でも、同情なんかしなくていいからね。ほっといて」と吐き捨てた。可愛げのないガキだ……。時計を見ると、もう午後の7時近い。

「じゃ、一応、お父さんに電話しておいた方がいいんじゃない？」わたしが言うと愛はゆっくりと首を横に振った。

「迷惑だよ、きっと。お父さん、いま出張で名古屋《なごや》に行ってるし……」

「そっか……。兄妹《きょうだい》は？」また首を横に振った。「一人っ子」とだけ言った。話しているうちにも、愛のお腹がまたグルグルと鳴った。

「それなら、今日は、このままうちに泊まるしかないか……」わたしは言った。夜中にまた発熱したり、苦しみ出さないとは限らない。彼女が、わたしを見た。

「ここに泊まる？」

「だって、しょうがないじゃない。帰る途中でピーになったらどうするの」わたしは言った。愛は無言……。その額にのせたタオルを、新しいものに替えていると、

「ほっといて。自分で帰れるから」また愛がつぶやいた。どこまでも強情で可愛くないやつ……。わたしは、胸の中でつぶやいた。それならそれでいい。

「ほら、あげる」と、トイレットペーパーのロールを1つ、愛のそばに置いた。

「それ持ってれば、どこでもピーできるでしょう。とっとと帰ればいいじゃない」と言った。

愛は、トイレットペーパーを手に迷った表情……。やはり、自信がないらしい。中学一年のガキとはいえ、道端でピーするのはさすがに嫌なのだろう。やがて、「あっ……」と言う。また下腹を押さえ、よろけた足どりでトイレに……。

結局、愛はうちに泊まった。

その夜、わたしは2時間おきぐらいに起きた。廊下で寝ている愛の具合が、やはり気になったからだ。生意気で可愛げのないガキとはいえ……。

彼女が、ときどきトイレに行っている物音は聞こえていた。けれど、わたしが様子を見に行くと、目を閉じてじっと寝ていた。額に触れてみると、微熱はなんとか引いたようだった。

わたしはベッドに寝転がり、ふと考えていた。森戸海岸の波音を聞きながら、また愛の事を考えていた。

あの子が履いているスニーカーは、見るからに安物で、しかも相当にくたびれていた。

ポニー・テールにしたその前髪は、かなり雑に切り揃えられている。中学生にもなれば、美容院で髪を切ってもらう子が多いだろう。

けれど、愛の前髪は自分で切っている感じだった。

そして、夕食はコンビニのサンドイッチ。さらに、いたんだ明太子で食あたり……。お母さんが長期の入院中で、いまは、たぶんお父さんとの暮らし。その結果が、あの様子なのだろうか……。しかも、経済状態はどう見てもよくない。そんな事をぼんやりと考えていると、窓の外が薄明るくなり、鳥のさえずりが聞こえはじめた。


「やっと起きられた？」

わたしはカウンターの中で言った。翌日の、昼過ぎだった。愛が、のろのろとした足取りで一階におりてきた。まだふらつく様子だけど、顔色はだいぶ良くなっていた。わたしは、店のミニ・コンポでT《テイラー》・スウィフトのCDを低くかけて、オムライスを作っているところだった。「何か、食べられそう？」と愛に訊くと、さすがに首を横に振った。


午後の3時過ぎ。愛のお腹が、ぐうっと鳴った。

「お腹すいた？」

「ちょっと……」と小声で言った。お腹の具合が、なんとかなってきたらしい。

何を食べさせようか、考えた。とにかく、お腹の負担にならないもの……。とりあえず、コーン・スープにした。お湯で溶くインスタントのコーン・スープ。朝食用のものだ。

少し深さのある器にコーン・スープをいれ、それを愛の前に置いた。彼女は何も言わず、ゆっくりとスプーンを使いはじめた……。相変わらず愛想のないやつだ……。

愛が、スープを飲み終わったときだった。器《うつわ》を見た彼女が、

「これ、ミントン……」と言った。少し元気が出てきたようだ。

わたしは胸の中で〈へえ……〉とつぶやいていた。その青い小花模様の陶器は、確かにイギリス製のミントンだ。母さんが気まぐれで買ったもの……。とはいえ、あのウェッジウッドほど有名ではないミントンを、なぜこの子が知っているのか……。それを訊いてみようとしたときだった。

店のドアが開き、逗葉信金の葛城が入ってきた。

わたしは、少し驚いていた。

葛城の様子が、この前とはかなり違っていたからだ。まず、少し勢いよくドアを開けて店に入ってきた。上着は着ているが、ノーネクタイだ。カバンも持っていない。

今日が土曜なのに、わたしは気づいた。

信用金庫の職員が、なぜ休日にやって来たのだろう……。葛城は、カウンターに歩

いてきてスツールに腰かけた。2つ離れたスツールに座っている愛をちらっと見た。

「近所の子で……」とわたしは言った。葛城は興味なさそうにうなずき、わたしを見た。

「ちょっと、面倒な事になって」と言った。

わたしはまっすぐに彼を見た。母さんの借金のせいで、とっくに面倒な事態になっている。最悪だ。もう、何が起きても怖いものはない。わたしとしては珍しく、開き直った気分になっていた。「面倒な事って？」と葛城に訊《き》いた。彼は、しばらく無言でいた。そして、

「一杯飲ませてくれないか。金は払うから」と言った。

5
左《さ》遷《せん》

「一杯って、もしかしてお酒？」わたしは訊いた。葛城は、うなずく。

「もしかしなくても、酒。なんでもいい。金は払うよ」と言った。わたしは、壁の時計を見た。

まだ、午後の4時前だ。とはいえ、飲みたいというのなら仕方ない。お金は払うというし……。「本当になんでもいいの？」とわたし。葛城は、うなずいた。

わたしは、カウンターの中でふり向いた。母さんが居酒屋をやっていたときのお酒は、かなり残っている。GORDON'S《ゴードン》のジンは、ボトル半分以上ある。

わたしは、ずんぐりしたグラスをとる。そこに氷を入れ、ジンを注いだ。少しレモンをしぼり、葛城の前に置いた。「ありがとう」と葛城。グラスを口に運ぶ……。

「……まいった……」葛城が、つぶやいた。ジンを三杯飲んだところだった。

「土地家屋の査定には、ついこの前きたわよ。それが？」わたしは、いちおう言ってみた。

「そうなんだが、まずい事に……」と彼。「まずい？」わたしは、オウム返しにつぶやいた。すると、

「もう一杯」と葛城。空になったグラスをこっちに押し出した。すでに、目に酔いが出ている。けど、しょうがない。わたしは、四杯目を作った。葛城はそれに口をつける。

「……この建物が古いのはわかってた。確か築50年近い木造モルタル。ボロで不動産価値はゼロだ」

〈ボロで悪かったわね〉わたしは、胸の中でつぶやいた。少なくとも、自分が住んでいる家なのだから……。葛城は、そんな事にはおかまいなし。

「けど、土地にはそこそこの不動産価値があるとふんでたんだ」と言った。そして、

「つまり、サラ地《ち》にして家は建て替えればいいと思ってたよ」

うちから細い道を20秒歩けば森戸海岸。逆方向にほんの少し歩けば、バス通りに出る。

そのバス通りは、逗子《ずし》から葉山に通じる県道２０７号線。葉山マリーナの前を通り、

葉山御用邸に行く道だ。うちが建っているのは、たぶんそこそこの価値がある土地のはずだ。

「でも……ここは建て替えが出来ないかもしれないんだ……」と葛城が言った。

「建て替えが出来ない？」わたしは、訊き直していた。葛城はうなずく。

「家の前の道が細過ぎて、建て替え出来ない可能性がある」

「それって？」

「建築基準法さ。それで規定されてる道幅に足りないかもしれない」

「で？」

「つまり、このボロ家を建て替えしようとしても、建築許可がおりない可能性があるのさ」葛城は言った。わたしは、

「でも……それって……母さんにお金を貸すときに、そこまで調べなかったとか？」

葛城は、一瞬、言葉につまった。グラスのジンに口をつけた。

「この道がかなり狭いのは、わかってたさ。でも、お母さんから急いで融資を頼まれたんで、目《め》見当《けんとう》で……」

「……道幅を測らずに、お金を貸した？」わたしは言った。5秒ほどして、葛城はうなずいた。「まさか、こんな事態になるとは思ってもいなかったし……」とつぶやき、グラスを手に、肩を落とした。

「で、どうなるの？」わたしは、愛が使ったミントンの器を洗いながら訊いた。愛の具合は、かなり良くなったらしい。カウンターの隅で葛城とのやり取りを聞いている。

「どうにもならないよ……」と葛城。かなり酔って、その視線が泳いでいる。「家を建て替えできない土地だとしたら、競売にかけるわけにはいかない。売るに売れないのさ」

「って事は、ミス？」とわたし。「ミスもミス、大失敗……」うめくように彼は言った。がっくりカウンターに突っ伏した。バーコードのように禿《は》げた頭頂部が目の前に……。

「……となると、出世に影響するの？」わたしは、言った。

「出世がどうのこうのというレベルじゃないよ」と葛城。そのときだった。

「じゃ、左《さ》遷《せん》されるとか？」と愛が言った。

わたしは、思わず愛を見た。この子の口から、聞きなれない言葉が出たからだ。

葛城は顔を上げた。とろんと酔った目で愛を見た。不思議そうな顔で彼女をしばらく見ている。

「そうかもしれないね、お嬢ちゃん」と言った。そして、「まあ、週明けの月曜に、正確な測量をするらしいから……」とつぶやいた。

「あんた、なんでそんな言葉知ってるの？」わたしは、愛に訊いた。

葛城が、勘定をして、よろけた足取りで帰っていったところだった。

愛が口にしたのは、〈させん〉などという聞き慣れない言葉だった。その事を訊くと、愛は、自分のデイパックから一冊の本を取り出した。劇画の単行本だった。サラリーマン社会と企業を舞台にした劇画で、かなり人気の作品だと思う。わたしでもそのタイトルを知っている。

「……あんたが、これを買ったの？」訊くと首を横に振った。「お父さんの」とだけ言った。お父さんが持っている単行本という事らしい。

その年頃なら読みたい漫画は山ほどあるだろう。けれど……この様子からすると、お父さんからあまり小遣いをもらえてないようだ……。

わたしは、そんな想像もしていた。が、それを訊くのはちょっと可哀想な気もしてきた。

森戸海岸からかすかな波音が聞こえていた。リピート再生しているＣＤ……。Ｔ・スウィフトのバラードが低く流れている。

月曜。夜明けの魚市場。この日は、活《い》きたタコが宙を飛んでいた。

タコは、吸盤のある手脚を勝手に動かすので扱いづらい。そこで、魚市場では目の細かいネットに一匹ずつ押し込み、生簀《いけす》に入れている。その状態で売り買いされるのだ。

いまも、そんなタコが10メートルほど宙を飛んで、仲買人の持っている発泡スチロールのトロ箱におさまった。

タコを投げたのは、あの目つきの鋭い人だ。わたしのお尻《しり》を、台車でど突き、マルイカを顔にぶつけてくれたあの若い人だった。

彼は、ネットに押し込まれたタコを生簀からつかみ上げ、水をきり、そして仲買人の方に投げた。丸まったタコは、きれいな曲線を描き、仲買人の持っているトロ箱に入った。

「一郎《いちろう》、こっちにもタコ一匹！」と別の仲買人が叫んだ。一郎と呼ばれた彼は、またタコを一匹生簀からつかみ上げ、投げた。

タコは20メートルほど宙を飛び、先にいる仲買人が持っているトロ箱に入った。

「いつもながら、上手《うま》いもんだ」と近くにいた漁師らしいお爺《じい》さん。

「さすがは、元槍投《やりな》げの選手だ」と、もう一人の年寄りが笑いながら言った。陸上競技の槍投げの選手……。わたしは、胸の中でつぶやいていた。それが大きな間違いだとは、後あとわかるのだけれど……。

「あの……」わたしは、タコを投げていた彼の背中に恐る恐る声をかけた。彼が振り向いた。相変わらず鋭い目つき……。

「あの、タコ、売ってくれない?」わたしは訊《き》いた。

すぐそばにある3メートル四方ぐらいの生簀。中では、新鮮な海水が循環している。活《い》きた石鯛《いしだい》、ホウボウ、ヒラメ、アオリイカなどが泳いでいる。その中に、ネットに入ったタコがまだ一匹いる。

「売ってって、金あるのか」彼がぶっきらぼうに言った。わたしは、うなずいた。セーラー服を売ったお金がある。

この魚市場は、東京の魚河岸などとは少し違う。プロの仲買人だけでなく、素人にも売ってくれる。ときどき、別荘族の人が高価な伊勢《いせ》エビなどを買っている姿も見かける。

一郎と呼ばれていたその人は、しばらく考える……。やがて、生簀に手を突っ込む。ネットに入ったタコをつかみ上げた。手で重さを計る。

「500円」と言った。相変わらず無愛想だ。わたしは、パーカーのポケットから百円玉を5個出した。彼に渡す。彼は、無表情でタコを差し出した。

その声が聞こえたのは、午後の2時頃だった。

わたしは、店のわきにある狭いスペースでタコを揉《も》んでいた。タコの体はヌメリで覆《おお》われている。自分を守るためだろう……。

タコは美味《おい》しい食材だけれど、調理する前に、まずはその生臭《なまぐさ》いヌメリを完全に取り去る必要がある。

わたしは、ポリバケツを前にしゃがみ込んでいた。タコに粗塩《あらじお》を振りかけ力を込めて揉みはじめていた。そのとき、足音と話し声……。わたしは、タコ揉みを中断。店の角から、そっと前の道を見た。

男が四人……。そのうち二人は、逗葉信金の人。この前、家の査定に来た人たちだった。あと二人は、たぶん測量関係だろう。グレーの作業着を身につけている。その二人はさっそく測量をはじめた。

「やはり、道幅が20センチ足りませんね」と測量の人が言った。はじめて15分ほどたった時だった。信金の一人が腕組み。

「やっぱり……」と言い、軽くため息をついた。「しょうがないなあ、葛城さん……。またかよ……」と、つぶやいた。

「だいたい、あの人、融資の担当にしちゃ、人が好《よ》すぎるんだよなあ……。脇《わき》が甘いとも言えるし……」そんなやりとりが、森戸海岸の波音にまざって聞こえた。

いい香りが漂いはじめていた。夕方5時半のキッチン。タコ飯《めし》が、炊き上がりかけていた。

滑《ぬめ》りを取ったタコを軽く茹《ゆ》でる。それを細かく切り、ご飯に炊き込む。味つけは薄口醤油《しょうゆ》をほんの少し。あとは、タコの風味がご飯にしみていく……。

そろそろ火を止めようか……。そう思ったときだった。店のドアが開いて、愛が入ってきた。その顔を見て、「だいぶ、良くなったみたいね」わたしは言った。愛は、無言でうなずいた。

「これ……」と言い、何か白い物をカウンターに置いた。

6　母は、ハイビスカスだった

それは、貝殻だった。

正確に言うと、元貝殻だ……。二枚貝の片方。それが、波にもまれ、削られ、大きな穴があいている。

それに、細い紐《ひも》を通して結んだもの。どうやら、手作りのネックレスという事らしい。それを、愛はカウンターに置いた。

「これって……もしかして、お礼？」とわたし。

「まあね」と愛。「借りは作りたくないから」と相変わらずぶっきらぼうな口調で言った。ひどい食あたりをした愛の面倒をみてあげた。そのお礼という事らしい。

わたしは、胸の中で苦笑い……。こういう貝殻は、海岸を1、2分も歩けば見つかるだろう。ネックレスの制作費は、限りなくタダに近い。

けれど……と考えた。小遣いの乏しそうな愛にとっては、これが精一杯なのかもしれない。わたしは、笑顔を見せ、

「とりあえず、ありがとう」と言った。その貝殻のネックレスを首にかけた。


「……タコ飯……」と愛がつぶやいた。

わたしが、炊飯器を開けてかき混ぜているところだった。ほのかに甘く上品なタコの香りが、キッチンにあふれていた。今回は、タコ一匹を丸ごと入れてあるので、香りも濃い。わたしは、タコ飯をかき混ぜながら、

「食べる？」と愛に訊いた。この様子だと、晩ご飯の予定はないようだ。そして、タコ飯はかなりの量を炊いてある。愛は、じっと考えている……。さすがに葉山の子。タコ飯の味を知っているようだ。やがて、

「……お金払うから、ちょうだい」と言った。

わたしは、〈お金を払う……〉と聞いて、また胸の中で苦笑。どこまでも、意固地《いこじ》なやつ……。それでも、愛はスヌーピーのついた財布を取り出す。百円玉を二個取り出し、カウンターに置いた。

わたしは〈お金なんて、いいわよ〉と言いかけて、やめた。たとえ２００円でも、払う事でこの子の気がすむならそれもいい。

「はい」わたしは、丼《どんぶり》をカウンターに置いた。丼にタコ飯を盛り、きざんだ浅葱《あさつき》をその上に散らしている。薄紫色のタコ飯と、浅葱の緑がきれいなコントラストを見せている。海の香りと、浅葱の匂い……。

愛は、鼻をピクピクさせ、しばらくその匂いをかいでいる。やがて、お箸《はし》をとる。ゆっくりと食べはじめた。

「あ、左遷おじさん……」と愛がつぶやいた。

葛城が店のドアを開けたところだった。〈左遷おじさん〉のひとことに、葛城は店の入口でつまずきかけた。それでも、なんとかカウンターについた。仕事帰りらしくスーツ姿だ。

「一杯くれないか」と言った。わたしは、焼酎《しょうちゅう》のオン・ザ・ロックを作り、彼の前に置いた。

「昼間、道幅の測量に来てたわ」と言った。そして、「残念な結果だったみたいね」

葛城は、グラスに口をつけ、うなずいた。それを見ていた愛が、「じゃ、やっぱり左遷？」と言った。葛城は、苦笑い。そして、「まあ、土俵ぎわかな……」とつぶやいた。何か、考えている。

「わたしが、店を、再開する？」思わず訊き返していた。

焼酎のロックを一杯飲んだところで、葛城が口を開いたのだ。〈この店を再開するのはどうだろう〉と……。何のこと……。わたしは、口を半開きにしていた。葛城は、続ける。

「この土地家屋を売却するのは、無理とわかった。けれど、うちとしては融資した325万円を回収しなければならない」

「……それが、出来なければ？」とわたし。葛城が何か言う前に、愛が、

「解雇《かいこ》……」とつぶやいた。葛城の顔が引きつった。

「あのね、お嬢ちゃん。そうはっきり言うのは、どんなものかな……」と言った。

すると、愛が首を横に振って、

「物事を曖昧《あいまい》にするのは良くないって、先生が言ってたわ。結局、クビになるわけでしょう。でも……その年で再就職するのはちょっと大変かも。景気は低迷してるし……」と言った。

葛城の顔は、引きつったまま。「もう一杯！」と空のグラスを突き出した。

「ある常連客にきいたら、この店では酒の肴《さかな》はほとんど君が作ってたらしいじゃないか」と葛城。わたしは、うなずいた。「母さんは、あまり料理が得意じゃなかったし、

わたしは料理人のお爺《じい》ちゃんから教わってきたから……」

「って事は、君がお母さんの代わりに店をやるのは可能なんじゃないか」葛城が言った。

「でも……無理だと思う」

「なぜ？」

「だって、うちのお客さんは、ほとんどが母さんと話すのが目当てだったから……」

わたしは、つぶやいた。

「確かに、お母さんの笑顔は明るくて感じよかったけどね……。でも、君が店をやれない事はないんじゃないか？　やってるうちに、お母さんが帰って来ないとは限らないし……」

　と葛城。

「こんな事はあまり言いたくないが、君にしたって、今後、どうしていくのか、あてはないんだろう？」と言った。確かに、それは言える。高校を卒業しても、これまで通り店の手伝いをすると、ぼんやり考えていた。だから、進学も就職の準備もしていない。

「とにかく、ここ数日、真面目に考えてくれないか？」葛城が言った。

「ねえ、お母さんって、どんな人だったの？」と愛が訊いた。葛城が千《ち》鳥足《どりあし》で帰って行ったところだった。わたしは、カウンターの中で振り向く。バーボンとウォッカのボトルの間に、小さな額に入った写真がある。それを、手にとり愛に見せた。写真を見たとたん、

「わあ……」と愛が口に出した。珍しく無邪気な口調……。

それは、確か4年前。わたしが中学生だった真夏に撮った写真だった。撮ったのは、すぐそばの森戸海岸だ。

わたしは、水着の上にTシャツを着ている。内気だったので、水着姿が何となく恥ずかしかった……。隣りにいる母さんは、対照的。ハイレグの水着姿だ。かなりきわどいカットのハイレグを身につけている。

「なんか……お母さんっていうより、お姉さんみたいだね」と愛。〈確かに……〉わたしは心の中でつぶやいた。

母さんは、ハイビスカスのような人だった。居酒屋をやっていたけど、〈美人ママ〉などという古臭い言葉とはまるで逆。屈託のない笑顔が、ハイビスカスのように明るかった。湘南育ちのスポーティーな少女が、そのまま大人になったような人だった。わたし

が覚えている限り、髪はずっとショートカット。ウインド・サーフィンをやっていたので、いつも程よく陽灼《や》けしていた。

「ウインド・サーフィン……」と愛がつぶやき、わたしはうなずいた。奈津子のようなプロ志向ではないけれど、母さんはウインド・サーフィンが好きだった。ボードやセイルは、まだ家にある。

「きれいな人……」写真を眺めて愛がつぶやいた。

確かに母さんは輝いていた。プロポーションもよかった。20歳《はたち》でわたしを産んだので、この写真を撮ったときは34歳ぐらい。でも、絶対に二十代にしか見えない。けれど、母さんと会うのを楽しみに店に来ていたお客たちの気持ちは、それだけではなかったように思う。

あえて言ってしまえば、それは〈共有感〉だった気がする。

母さんはウインド・サーファーだったので、海での体験が豊富だ。

そして、葉山という場所がら、店に来るお客は海関係の人が多かった。釣り船屋の人。マリーナのスタッフ。マリーナに船を置いている人などなど……。

そんな人たちと、母さんは話題を共有できた。たとえば、マリーナにヨットを置いているお客が、

「さっき、急に風が吹いてきて大変だったよ」と言えば、

「そうそう、突然、南西風が強くなってねえ……」と当然のように答えていた。釣り船屋の人が、「今日は釣れなかった」と言えば、「海が濁《にご》ってたわよね」と母さんは言った。そして、「お疲れさま」と言いながら、ビールを注《つ》いであげていた。

「そっか……」と愛。わたしは、うなずいた。

船で海に出たり、海で仕事をしたりすると、大変な目に遭《あ》う事は多い。

でも、そういう人たちが家に帰ってその事を言っても、奥さんや家族たちはあまり反応しないようだ。〈共有感〉もへったくれもない。

「だから、お母さんは人気に？」と愛。わたしは、うなずく。結局、人と人が惹《ひ》かれ合うのは体験や話題の共有なんじゃないかと、鈍《にぶ》いわたしも、だいぶ前から気づいていた。「だから、うちの店にはお客がきてたの」わたしは言った。

「ウミカ……」愛が写真を手につぶやいた。

写真には、油性のマーカーで走り書きされていた。母さんのところには、〈Emi《エミ》〉。そして、わたしのところには〈Umika《うみか》〉……。それを見て、愛が〈ウミカ……〉とつぶやいたのだ。

わたしは、〈海果〉という自分の名前を説明する。

「なんか、〈テレカ〉とか〈スイカ〉の友達みたいだね」笑いながら愛が言った。私は、思わず苦笑した。何はともあれ、この子が笑うのを初めて見たような気がした。

写真を眺めていた愛が、ふとつぶやいた。

「ウミカ、なんとなくお母さんに似てない？」わたしは、一瞬ドキリとした。以前にも、店のお客に言われた事があるのだ。〈笑った目もとが、お母さんに似てない？〉と……。

「そう……気のせいじゃない？」わたしは軽く笑ってごまかした。ドキリとした気持ちは、胸の奥にしまい込んで……。

「おい、海果。何しょぼくれてんだ」という声。しゃがんでいたわたしが顔を上げると、奈津子が笑っていた。

7　ペ　コ

午後1時過ぎ。店の前。わたしは、細い道の向かい側にしゃがみ、店の入口を眺めていた。

昼過ぎの陽射しが、店の入口に当たっていた。

店の看板は、まな板だ。古い木のまな板に〈ツボ屋〉の3文字。のほほんとしたお爺《じい》ちゃんの字で、そう描《か》かれている。その文字も陽に灼けて、もうかなり薄くなっている。

わたしは、しゃがみ込んでその看板を眺めていた。この店で、お爺ちゃんと過ごした日々を思い出しながら……。そこに奈津子が来て、〈何しょぼくれてるんだ〉とからかったのだ

「考え事か？」と奈津子。

「まあ……」

「なんか、迷ってるね……」と奈津子。「ちょっと気分転換にドライブしない？」

30分後。奈津子が運転する４ＷＤは、国道１３４号を走っていた。左側に由比ヶ浜《ゆいがはま》が見えている。

「どうなったのさ、家を乗っ取られるって例の話は」ステアリングを握って奈津子が言った。

「乗っ取られるってわけじゃないけど……」

わたしは、説明をはじめた。店の前の道が細くて、土地建物が売るに売れない。そこで、わたしに店を再開してくれないか、その売り上げで母さんの借金を返済してくれないかと、信用金庫の人が言っている。そんな事を話していた。

奈津子は、黙って聞いている。やがて、左側に七里ヶ浜《しちりがはま》が広がる。快晴だけど、今日は波が穏やかなのでサーファーの姿は少ない。黙って車を走らせていた奈津子が、ぽつりと言った。

「それって、やってみれば？」

「やるって、あの店？」

「ほかにないじゃん。あの店を、お前さんがやってみれば」と奈津子。「でも、お客がくるかなあ、わたしがやって……」

「そんな事考えてもしょうがないよ。じゃ、あんた、これからどうやって食っていくつもりなのさ」と奈津子が言った。「しかもお爺ちゃんが作った店だろう。あんた、さっき涙ぐみそうな顔してあの古ぼけた看板を見つめてたじゃない……」わたしは、言葉に詰まった。やがて、江《え》の島《しま》が左側に過ぎていく。


「これ、ちょっと……」わたしは言った。顔が赤くなっているのがわかる。

辻堂《つじどう》に最近出来たショッピング・モールだ。そこに、アメリカン・カジュアルの店がある。かなり安いけど、そこそこ洒落《しゃれ》た服がある。

奈津子は、まず自分のＴシャツを一枚選んだ。そして、わたしの世話を焼きはじめた。春から初夏という感じのＴシャツを二枚ほど選ぶ。試着室で、それを身につけたわたしは、口を半開き。

「ちょっと……」とつぶやいた。胸元があまりに大胆なカットだったからだ。

「これじゃ、ちょっとうつむいたらバストが見えちゃうよ……」と言った。

「そこがいいんじゃないか。あんただって、ブラぐらいしてるだろう？」

「そりゃ……」

「なら、いいじゃない。たいしたオッパイじゃないけど、それをチラ見させたぐらいで店にお客がくればオーケーじゃない」と奈津子。そのTシャツを持って、さっさとレジに行く。

「これは、わたしからの開店祝い」と言って、支払いをすませた。

「問題は、どうやって仕入れ値を低くおさえるか……」と奈津子。「あんたがやるんじゃ、あまり高い勘定は取れないだろうからね」とステアリングを握って言った。車は、逗子葉山方向に戻っていた。

「魚市場で、はねられた端物《はもの》を拾ってくればタダだけどね……」とわたし。「それは確かにありだけど、一匹二匹じゃしょうがないね。何かひと工夫ないと、店で使えるほどの量は手に入らないよなあ……」奈津子が言った。

確かに、そうだ。何か、いい手、いい手……。わたしは、胸の中でつぶやいていた。右側に材木座《ざいもくざ》海岸が広がっている。海は遅い午後の陽射しを照り返し、バナナの皮の色に染まっている。

「バイト?」と愛。箸《はし》を使う手を止めて訊《き》いた。

夜の6時。うちの店だ。昨日作ったタコ飯がまだ残っている。それをあてにして、愛がやってきたのだ。この前と同じで、〈200円払うからタコ飯を食べさせて〉と言った。相変わらずの意地っ張り……。わたしは、ちょっと苦笑い。タコ飯を大盛りにサービスして、愛に出してやった。なんせ、これからバイトの交渉がある……。

「で、バイトって？」と愛。

「魚の仕入れ」

「……仕入れ？」と愛が訊いた。わたしは説明をはじめた。「もしかしたら、この店をわたしがやる事になるかもしれないんだ」

「お母さんが融資してもらったお金を返すため？」

「まあ……」

「でも……」と愛。「お店をウミカがやって、採算《さいさん》がとれるの？」と言った。〈採算か……〉とわたしは苦笑い。「仕入れをすごく安くすれば、何とかなるかも……。そのために、あんたにも手伝って欲しいわけ。朝早く、登校前の1時間かな」

「バイト代は？」と愛。

「うーん、1時間だから５００円」わたしは言った。愛は、きっぱりと首を横に振った。「いまどき、コンビニのレジだって、もっとましだよ。……７００円」

「じゃ、５５０円」とわたし。「６００円」と愛。

仕方ない……。わたしは、うなずいた。「オーケー、６００円で手を打つわ」と愛に言った。

「それと……もう一つ条件があるの」

「何？」とわたし。愛は、一瞬、きまり悪そうな表情……。「晩ご飯をつけて」と言った。

「そりゃいいけど……」わたしは、つぶやいた。どっちみち自分の晩ご飯は作らなきゃならない。一人分も二人分も、たいした違いはない。けれど、

「あんた、晩ご飯、いつも一人で食べてるの？」ごくサラリと訊いた。

「まあね」と愛。「お父さんはＩＴ関係の仕事をしてるんだけど、すごく忙しくて、帰って来るのが遅いから……」とだけ言った。子供なりに平静さを装った口調だった。

〈本当かな？〉と思ったけれど、わたしは、それ以上訊かなかった。ただ、うなずいていた……。


「え、これ着るの？」と愛が訊いた。

朝の5時前だ。愛は、中学に登校するジャージ姿でうちに来た。わたしは、彼女を二階に連れて行き、着替えを出した。

それは、わたしが愛の年頃に着ていたジーンズとトレーナーだ。トレーナーには、可愛いイルカのイラストがついている。愛は、それに着替えた。ジーンズは、少し長

いので裾《すそ》を折り返した。

　そして、髪型。いまは、後ろで一つにまとめている。それを、二つに分け、耳の両側で結んだ。

「なんか、ガキっぽくない?」と愛。わたしは、うなずいた。

「でも、それでいいの」と言った。

　確かに、もともと子供っぽい愛の外見はさらに幼くなった。〈なんか、見た事があるような不思議な既視感……〉わたしは、胸の中でつぶやいた。

　しばらくして、思い出した。丸顔。大きな目……。あのお菓子メーカー・不二家のキャラクター、〈ペコちゃん〉だった。いまの愛を、ひとことで表現すれば、ペコちゃん。もちろん、本人には言わないけれど……。愛が、鏡に映った自分を見てうなずいた。

「可哀想なガキの役ね?」

「まあ……」

「これで魚市場に行って、〈同情するならサバをちょうだい〉とか言えばいいんだ……」と愛。呑《の》み込みがいい。「そういう事。さあ行こう」わたしは、彼女の肩を叩《たた》いた。

〈やっぱり……〉わたしは、胸の中でつぶやいていた。

愛を連れて魚市場に入って行ったところだった。周囲からの視線が、まるで違う。わたしは、18歳。大人とは言えないが、子供でもない。そんなわたしに、魚市場の人たちの視線は厳しい感じがした。しかも、仕事の邪魔……。

でも、子供っぽい愛がいるだけで、周囲の目が違う。なごやかな視線が向けられる。ペコちゃん効果だ。台車で魚を運んでいる人も、笑顔で「お嬢ちゃん、危ないよ」と言ってよけてくれる。わたしは、お尻《しり》を突かれたけれど……。

「おじさん、これ、もらっていい？」と愛。市場の隅に落ちているアジを指さした。愛は、意識しなくても、ちょっと舌足らずな口調になる。

アジやサバは、大きな群れで泳いでいる。なので、網にも群れごと入るのだ。そうして獲《と》れるアジやサバは、ほとんどが測ったように同じサイズだ。

けれど、中には少し小形のやつもまじっている。そういう魚は、デパ地下などに並べづらいので、はねられる。半端なもの、〈端物《はもの》〉としてはねられるのだ。

いま、やや小形のアジが一〇匹ぐらい床に落ちている。今日、アジは大漁だったらしく、そんな端物を誰も気にしていない。

愛がそれを指差し、無邪気な顔で、「もらっていい？」と近くにいるおじさんに言

うと、

「ああ、いいよ」とおじさんは笑顔を見せた。わたしの場合とは、かなり違う。わたしと愛は、そのアジを拾う。持ってきたポリバケツに入れていく。

あの、目つきが鋭い一郎という人も、ちょっと不思議そうな表情でわたしたちを見ていた……。

「かなり」

「成功！」

わたしと愛は、同時に口にした。店に帰ってきたところだった。

小型のポリバケツ、ほぼ一杯に魚が入っている。やや小ぶりなアジが一五匹ほど。脚の千切れたマルイカが四ハイ。

そして、一匹だけ網に入った、いわゆる〈はぐれ物〉のウマヅラハギもいる。普通の主婦にはなじみがないウマヅラ。しかも、一匹では売り物にならないのだ。

「これなら、今夜、店やれるね」と愛。わたしは、うなずいた。

そして、朝食を作りはじめた。これから学校に行く愛に、朝食を食べさせなければ……。と言っても、凝ったものを作る余裕はない。目玉焼きとトーストだ。

それを作っていると、愛がポリバケツからアジを一匹つかみ出し、「フライ・サイズだね」と言った。やがて、焼けたトーストの匂いがキッチンに漂いはじめた。

〈へえ……〉わたしは、胸の中でつぶやいていた。

愛が学校に行ったところだった。魚を冷蔵庫に入れながら、わたしは、ふとつぶやいていた。さっき、彼女が何気なく〈フライ・サイズだね〉と言ったアジを眺めていた。

体長が20センチほどのアジ。それは、刺身やタタキにも出来るけど、フライにベストなサイズだ。

けれど、それをなぜ中学生の愛が知っているのか……。ちょっと不思議だ……。そう言えば、彼女はイギリス製の陶器、ミントンの事も知っていた。

お父さんは、ＩＴ関係の仕事をしてると言っていたけれど……。愛が、どんな育ちの子なのか……。その疑問は、わたしの中に消え残った。

8　ラーメン屋だったから

揚げ物は、音だ。

まず、揚げているときの音……。そして、ひと口食べたときの音で、すべてがわかる。いま、愛がアジフライをかじった。サクッという軽い音……。彼女の顔が、ほころんだ。

「……美味《おい》しい……」とつぶやいた。午後6時過ぎ。愛に、晩ご飯を食べさせているところだった。お刺身に出来るアジをフライにしたのだから、それは美味しいだろう。

わたしは、カウンターの中で開店の準備をしていた。出刃包丁でアジのゼイゴをとり、三枚におろす……。すると、店の入口が開いた。今日最初のお客……。そう思った。けれど、顔をのぞかせたのは、信用金庫の葛城だった。

「手伝う？」わたしは、思わず訊《き》き返していた。葛城は、無表情でうなずく。スーツの上着を脱いだ。

「仕方ないだろう」と言いながら、しめていたネクタイもとった。

「この店の経営がうまくいかないと、困る……」と相変わらず無表情で言った。なんと、紺色の前掛けを取り出し、それを身につけた。すると、カウンターでアジフライを食べ終わった愛が葛城を見た。

「お店の利益が出ないと、融資金の回収が出来ないものね……」と言った。葛城は、渋い表情……。無言でうなずいた。

やがて、「ごちそうさま」と愛が言った。アジフライののっていた皿や、茶碗《ちゃわん》を持って、カウンターの中へ……。それを、洗いはじめた。わたしは、その後ろ姿を見ていた。

自分が使った食器は自分で洗う……。当然のようだけど、まだ12歳の子が、黙々と食器を洗っている姿を見ていると、少し複雑な気持ちになる……。

おやっと思った。

さっきまで愛が晩ご飯を食べていたカウンター。葛城が、そこを布巾《ふきん》で拭《ふ》きはじめた。その動作が、慣れているように見えたからだ。ぱっと見、エリート官僚。そんな感じの中年男にしては、やたらスムーズな手つきだった。わたしは、イカの塩辛を作りながら、葛城の動作を眺めていた……。

「やっぱり、ダメか……」わたしは、つぶやいた。午後10時近く。結局、一人のお客も来なかった。

「初日だから、仕方ないだろう。店が再開したのを知らない客も多いだろうし……」葛城が言った。わたしは、うなずき、「何か作るわ」と言った。葛城は、店に来てから何も口にしていない。とりあえず、ビールを出した。

「これは、いける」と葛城が言った。

〈はぐれ物〉であるウマヅラハギの肝《きも》あえを出してあげたところだった。

ほかの魚やイカは、まだ保《も》つ。けれど、ウマヅラの肝は、水揚げした今日中しか食べられない。薄いピンクの肝をすり潰《つぶ》す。そして、ウマヅラの刺身と一緒に口に入れるのだ。

「美味《うま》いな……」しみじみと葛城がつぶやいた。また肝あえを口に入れ、ビールを飲んだ。でも……カワハギやウマヅラハギの肝あえは、それほど特別な料理ではない。

「家で食べた事ないの？　奥さん、いるんでしょう？」わたしは言った。「まあ……

…」と葛城。やたら苦く笑った……。ビールのグラスを口に運んだ。

「これ、預かっといてくれないか」と葛城。さっきまで使っていた前掛けをたたむ。カウンターに置いた。わたしは、うなずいた。

「お店での仕事、慣れてるのね」と言った。彼が、店に来てすぐ、カウンターを布巾で拭いた。そのあと、テーブルも拭いていた。その動作が慣れていたからだ。明らかに初めてではない……。葛城は、しばらく無言でいた。そして、「実家がラーメン屋だったんだ」ぽつりと言った。

「ラーメン屋……」

「ああ、藤沢《ふじさわ》駅の近くにあったラーメン屋さ」と葛城。〈あった〉と過去形で言った。何か物思いに沈んだ表情……。わたしは、それ以上訊かなかった。店のミニ・コンポからは、母さんが好きだったビーチ・ボーイズが流れている。

　土曜日。午前5時。わたしと愛は、魚市場に入っていった。

彼女とここに来るのは4回目。相変わらず、愛は子供っぽいスタイルだ。スソを折り返したジーンズ。可愛いトレーナー。髪は、二つに結んでいる。わたしたちは、生《いけ》簀《す》をのぞいてみた。深さ50センチぐらいの生簀。ヒラメ、カワハギなどが泳いでいる。わたしは、そんな生簀の中を見ていた。すると、

「あ……」と愛の声。ふり向くと、彼女が何か拾おうとしていた。

近くに、サバが一匹落ちていた。首が折れている。仕分けで、はねられたものだろう。愛は、しゃがんでそれを拾おうとした。

　そのとたん、誰かのゴム長がサバを蹴《け》った。サバだけでなく、愛の手も蹴ったようだ。愛は、前のめりに転んだ。同時に、

「チョロチョロするんじゃねえよ、このガキ！」

という声。若い男だった。初めて見る顔だった。かなり太っている。デブと言えるだろう。そして赤ら顔……。愛は、のろのろと立ち上がる。その顔がおびえている。わたしは、愛の肩を抱いた。そのときだった。

「おい、お前」という低い声がした。

　あの、一郎という人だった。鋭い目つきで、サバを蹴ったデブを見る。「子供相手に何するんだ」彼は言った。

「てめえはなんだ……」とデブ。睨《にら》み返して言った。「この市場の者だ。用がすんだら、とっととうせろ」と一郎。

「この野郎、もう一度言ってみろ」とデブ。一郎につめよる。その胸ぐらをつかんだ。

わたしは、愛の体をかばう。

一郎とデブは、つかみ合いになっていた。が……背が高く筋肉質の一郎の方が、ケンカは強そうだった。案の定、一郎がデブを思い切り突きとばした。よろけたデブの体が、こっちに！

わたしは、愛をかばう。つぎの瞬間、デブの体がぶつかってきた。すぐそばには、生簀がある。デブの体にはじき飛ばされたわたしと愛は、生簀に落ちた！

5、6秒後。わたしは、やっと生簀の中で起き上がった。深さが50センチほどなので、愛も体を起こした。わたしは、まだ海水の冷たさは感じない。ただ、頭のてっぺんまでびしょ濡《ぬ》れだ……。ふと気づくと、一郎がすぐそばに来ている。

「大丈夫か？」と言った。わたしはうなずく。のろのろと立ち上がる。水の中に尻《しり》もちをついている愛を、起き上がらせる。びしょ濡れのまま、やっと生簀から出る。体から水がしたたる……。

市場のみんなが、驚いた表情……。手を止めてわたしたちを見ている。愛が、むせて海水を少し吐いた。わたしの服にへばりついていた小形のヒラメが、床に落ちた。

〈まいったなあ……〉わたしは胸の中でつぶやいた。愛と並んで早足で家に戻っていた。二人とも、全身びしょ濡れだった。しかも、4月の夜明け。気温は低い。わたしの体はガタガタと震えていた。愛が、背中を丸めてくしゃみをした。

そして、やっと家に着いた。

店の奥に、洗面所や風呂《ふろ》場がある。お爺《じい》ちゃんは、漁師だった。真冬でも海に出ていた。そんな体を温めるため、すぐに熱いシャワーが出るようになっている。

わたしは、風呂場に入る。温水シャワーを出しはじめた。その場で、ぐっしょりと濡れた服や下着を全部脱いで裸になる。頭から、シャワーを浴びはじめた。そうしながら、愛を呼んだ。

「体あっためないと、風邪ひくよ！」と言った。

やがて、愛がのろのろと風呂場に入ってきた。けれど、濡れた服は着たままだ。

「ほら、それ脱いで。びしょ濡れじゃない」わたしは言った。それでも、愛はもじもじと恥ずかしそうにしている。

「女同士なんだから、いいじゃない」と言っても、まだ恥ずかしそうにしている。そういう事に敏感な年頃にしても、

「どうしたの？」

「だって、痩《や》せっぽちだし……胸はぺたんこだし……」小さな声で愛が言った。そういう事か……。

「そんなの、わかってるから……。早く濡れた服を脱がないと風邪ひくよ」わたしは、

かなり強い口調で言った。やがて、愛はびしょ濡れの服をもそもそと脱いだ。12歳という年齢にしても、愛はやや華奢《きゃしゃ》な体つきだった。肩も腰も細い。育ちざかりなのに……。この1、2年の食生活が貧しかったせいだろうか。

わたしは、二つに結んだ彼女の髪をほどく。お湯をかけ、シャンプーで洗ってやりはじめた。

「わたしも、あんたぐらいの頃は痩せてたわ。陽灼《や》けして痩せてるんで、〈ゴボウ〉って言われてた……」髪を洗ってやりながら、わたしは言った。

愛がかすかに笑い声を上げた。シャンプーの泡が、愛の肩につたう……。やがて、その細い肩が震えはじめた。どうやら、泣いているらしい……。

「どうしたの？」サラリと訊《き》いた。

「なんでもないよ」愛は、ぼそっと言った。

「なんでもない？　本当に？」とわたし。その10秒後だった。

「……なんか、思い出しちゃって……」と愛。

「思い出した……何を？」

「小学校の三年ぐらいまで、お母さんがよくこうやって髪を洗ってくれた……」そうか……。わたしは、胸の中でつぶやいた。とりあえず、

「お母さん、早く元気になって戻ってくるといいね」と言った。けれど、悪性リンパ

腫《しゅ》で入院中と聞いている。そう簡単ではないだろう。けど、ほかにいい言葉が見つからなかったのだ……。

わたしは、少女らしくフワフワと柔らかい愛の髪を洗い続ける……。曇りガラスの外から、かすかな波音が聞こえていた。

わたしが布団をかけてやると、「ありがとう」と愛が言った。お風呂で体を洗い終わり、遅めの朝食を食べた後だ。土曜なので、学校はない。早起きした愛が眠くなったようなので、母さんが使っていたベッドで寝かしてやった。

布団をかけてやったとき、〈ありがとう〉と言った。この子の口から初めて聞く言葉だった。一緒にお風呂に入った事で、少しは素直になってきたのだろうか……。愛は、すぐに口を半開きにして眠りはじめた。わたしも、ひと眠りする事にした。

午後2時過ぎ。わたしは昼寝から醒《さ》め、一階の店におりた。その5分後。店のドアが開いた。入ってきたのは、あの魚市場の一郎だった。

9　経理部長は、12歳

「お前、茂《しげ》さんの孫らしいな」

カウンターの向こうで、一郎が言った。わたしは、少し驚いていた。確かにお爺ちゃんの名前は茂男《しげお》だった。

その3分前の事だ。店に入ってきた一郎は、

「ビール飲ませてくれるか？　金は払う」と言った。みんな〈金は払うから〉と言う。

わたしが貧乏なのは、葉山中に知れ渡っているのだろうか……。

とりあえず、わたしはビールの中瓶とグラスを出した。一郎は、グラスのビールを一気に飲んだ。

「なぜ、うちのお爺ちゃんの事を知ってるの？」わたしは訊いた。

「漁師をやってるうちの爺さんが、茂さんと仲が良かったんだ。うちの爺さんは、こ

の店にもときどき来てたらしい」と一郎。わたしは、うなずいた。お爺ちゃん同士が仲が良かったとは……。わたしは、ほとんど覚えてないけれど……。

一郎の口調は、相変わらずぶっきらぼうだ。けれど、目つきの鋭さは少しやわらいだように見えた。年齢《とし》は、わたしより3つ4つ上……。21歳とか22歳だろうか……。

ビールの肴《さかな》に小鉢に入れたイカの塩辛を出した。彼の前に小鉢を置いて、ふと気づいた。

わたしはいま、あの奈津子が買ってくれたTシャツを着ている。大きく襟元が開いたやつだ。小鉢を置くために前かがみになった。そのとき、胸元が気前よく見えたはずだ。

わたしは、はっとしてTシャツの胸元を押さえた。一郎は、苦笑い。

「気にするなよ。お前のオッパイなんてとっくの昔に見てるから」と言った。

わたしは、口を半開き。「へ？」と間抜けな声を出していた。

「あれは、お前が3歳か4歳ぐらいの頃だな……。お前、茂さんの伝馬《てんま》船《せん》に乗って菜《な》島《じま》の磯にいたんだよ。海に入って、サザエかなんか獲《と》ってた」と一郎。

「うちの爺さんがそっちの伝馬に気づいて、うちの船を近づけていったのさ」と言った。

「で、うちの爺さんが、〈茂さん、その子は孫かい？　可愛い坊やだな〉と声をかけると、茂さんが苦笑いして〈この子は孫だけど、女の子だよ〉と言ったんだ」

一郎は、白い歯を見せビールをひと口……。

「男の子に見えたのも当たり前でさ、お前、海パンだけ穿《は》いて海に入ってたんだよ」

と言った。そして、「髪型も昔のビートルズみたいだったしな」

わたしは、なんとなく思い出した。わたしが葉山で暮らしはじめて3年目ぐらいだ。なので、よく小物釣りをしたりタコを獲ったりしていた。

お爺ちゃんは漁師の仕事をやめてお店をやっていたけど、漁業権は持っていた。

わたしは、そんなお爺ちゃんの伝馬船、つまり小船でしょっちゅう海に出ていた。

まだ小さかったので、水着の下だけつけて海に入ってサザエを獲ったりしてた。髪型も、確かに短めのマッシュルーム・カットだったかもしれない。

まして3歳とか4歳だった頃……。男の子に見えても不思議はない。

まあ、その年頃にトップレスの姿を見られたからといって、どうという事はないのだけど……。

「今朝、うちの爺さんが、ひさびさに魚市場に来たんだ。遊び半分にかけてる網にスズキが五、六匹かかったんで、そいつを持ってきたのさ」と一郎。

「そしたら、あの騒ぎだ。おれがあのデブを突きとばして、お前たちが生簀《いけす》に落ちた」と言った。

「ずぶ濡《ぬ》れになったお前を見てた爺さんが、言ったんだ。あの子、すごく久しぶりに見るけど、茂さんの孫娘じゃないかなと……」と一郎。

「おれは、しばらく葉山を離れていたから、お前の事に気づかなかったけど……」と言った。〈しばらく葉山を離れていた〉という言葉は少し気になった。それでも、わたしはうなずいた。だいたいの事情が呑《の》み込めた。


「さっきは悪かったな。生簀に落としちゃって」と一郎が言った。まあ、あれは不可抗力でしょうがない。わたしは、そう言った。

「あの太った人は？」と訊いた。「あのデブか。初めて見た仲買人だな。こりて、もう来ないと思う。今度来たら海に放り込んでやる」そう言って、一郎は笑った。そして、

「妹は、大丈夫か？」と訊いた。どうやら愛の事らしい。「あの子は妹じゃないんだけど、たぶん大丈夫。いま二階で寝てるわ」彼がうなずいた。

やがて一郎があくびをした。「おれも帰ってひと眠りするよ」と言った。

「朝が早かったの？」訊くと、うなずいた。「朝っていうより、夜中の3時から沖の

定置網を上げに行った」

「3時から網上げか……」わたしは、つぶやいた。それは、漁業の世界では当たり前なのだけど……。

「うちの親父が定置の網元《あみもと》やってるから、しょうがないのさ」と一郎。ビール代をカウンターに置いた。網元は、その漁の責任者の事だ。

「この店、お前が再開したって聞いたけど、客は？」

「うーん、まだはじめたばかりだから、ちょぼちょぼ……」とわたし。一郎はうなずいた。

「まあ、漁協や市場の連中にそれとなく言っておくよ」


月曜日。夜の6時半。

「塩辛くれる？」とカウンター席のお客。わたしは、うなずく。冷蔵庫からマルイカで作った塩辛を出した。お客の前に、小鉢に入れた塩辛を置いた。「こっちにイワシのフライ」とテーブル席からオーダーがきた。

お店には、四人のお客がいた。カウンター席に二人、テーブル席に二人。みな漁業関係の人らしい。あの一郎が、約束通り店のＰＲをしてくれたようだ。

わたしが揚げてお皿に盛ったイワシのフライを、葛城がテーブル席に持っていく。実家のラーメン屋を手伝っていたという言葉通り、お皿を運ぶ動作が慣れていた。

「よお」という声。その一郎が、店に入ってきた。7時過ぎだった。彼はわたしにうなずき、カウンター席にかけた。

「とりあえずビール」と言い、そばにいる男たちと話しはじめた。仲がいい連中らしい。今日の漁や魚の売れ行きについて、いろいろ話している。

「宿題か?」という言葉が聞こえた。

とっくに晩ご飯を食べた愛は、店の隅のテーブルで教科書を広げている。

奥のトイレに行った一郎が、愛に〈宿題か?〉と声をかけた。隣りの椅子にかける。愛が広げている教科書をのぞき込んだ。

「いまどきの中一って、かなり難しい単語を使うんだな……」と言った。どうやら、英語らしい。一郎は、しばらく宿題の手伝いをしてやっていた。

やがて、「頑張れ」と愛の肩を叩《たた》いた。またカウンター席に戻る。サバの味噌煮《みそに》で三本目のビールを飲み、仲間たちと話す。

30分後、勘定をした。さっぱりとした口調で、「じゃ、明日《あした》も早いから」と言い帰っていった。

カウンター席にいる仲間が、一郎が出ていったドアの方を見て、

「相変わらず、子供に優しいな……」と言った。隣りにいる人も、小さくうなずいた。

そして、「妹の事もあるし……」とつぶやいた。

〈妹の事……〉なんだろう……。わたしは、胸の中でつぶやいた。確かに、愛の宿題を見てやっていた彼は、優しかった。しかも、彼はかなり英語が出来るようだ。愛の宿題にてきぱきと対応していた……。

そして、この前の魚市場。愛がひろい上げようとしたサバを蹴《け》ったデブと、激しくやり合った。一郎は、なぜ愛に優しくしてくれるのだろう……。そして、なぜ英語が出来るのか……。

そして、いつか、彼がタコを投げていたとき、魚市場の年寄りが言っていた〈元槍《やり》投《な》げの選手〉とは……。

いくつかの疑問が、わたしの心に消え残った。

「とりあえず、お疲れ様」と葛城が言った。

夜の9時半。最後のお客が帰っていったところだった。葛城が、今日の売り上げを計算している。一郎も含めてお客は五人。たいした売り上げではない。それでも、葛

城は売り上げを数えている。

　そこへ、愛がやってきた。スマートフォンの電卓を起動させて、

「収支はしっかりしなきゃ」と言った。わたしから、ビールやチューハイ一杯の原価を聞く。計算をはじめた。それをノートに書き込んでいく……。15分ほどして、

「これが、今日の収支ね」と言った。ノートのページに、項目と数字が並んでいる。売り上げ……経費……純利益。わたしはそれを見て、

「この、人件費って？」と訊《き》いた。

「わたしのバイト代」と愛。確かに、〈人件費＝６００円〉と記入されている。この子のバイト代は、魚市場に行くたびに払っている。今朝も、市場から帰って来たときに６００円を渡したのだった。愛は、収支を書いたノートを見て、軽くため息……。そして、

「まだまだ、経営が軌道に乗りそうな状況にはほど遠いけどね……」と言った。

「わかってるわよ、経理部長」と言い、わたしは苦笑い……。

　その電話がきたのは、金曜の午後だった。わたしは、店にいた。フライに添えるキャベツを千切りにしていた。電話をかけてきたのは葛城だった。

「ちょっと気になる事があってね……」と彼。「気になる事？」とわたし。葛城は説明しはじめた。信金の仕事で鎌倉《かまくら》まで行き、横須賀線で逗子に帰ってきたという。そのとき、逗子駅のホームで愛を見かけたと……。

「愛を、駅のホームで？」

「ああ、ホームの端にトイレがあるだろう？」と葛城。わたしは、うなずいた。確かに、長いホームの端っこにトイレがある。そのそばで、愛が中年男と会っていたという。

「中年男……」

「ああ。しかも、男から金を受け取ってた」

「お金……」わたしは、思わずつぶやいた。その中年男は、財布から何枚かの札を出すと愛に渡していたという。

「場所が駅のトイレというのもあって、ちょっと気になってね……」葛城が言った。確かにそのトイレは、長いホームの一番端にあり、昼間でも人気《ひとけ》が少ない。

「たぶん問題ないと思うけど、あとで本人に聞いてみる」わたしは言った。

「それは、やばいかも」と奈津子が言った。葛城からの電話を切った10分後だった。奈津子がぶらりと店にやってきた。わたしが考え事をしているので、奈津子が、「どうした？」と訊いてきた。わたしは、いまの電話の事を話した。

「ああ、あの子か……。この前、お前さんと一緒に歩いてるのを見かけたよ」と奈津子。「あの子が、中年男から金を？」

「たぶん、お父さんだと思うけど……」とわたし。「でもさ、お父さんが駅のトイレのそばで実の娘に金を渡すかい？」と奈津子。わたしは言葉につまった。

「じゃ？」

「その相手が、いやらしいオジサンじゃなけりゃいいけど……」と奈津子。

10 ショッピング・モールの孤独

「いやらしいオジサン？」わたしは思わず訊き返した。奈津子は、うなずいた。

「女友達から聞いた話なんだけど……その子が小学五年のとき、公園で遊んでたら変なオジサンが近づいてきて言ったんだって。体を触らせてくれたら3千円あげるって」

「ひぇ……」

「その友達はもちろん逃げ出したんだけど、そういうオジサンはよくいるみたい」

「……じゃ、もしかして、あの愛が？」わたしはつぶやいた。「そうだと言ってるわけじゃないけどね……。でも、小学生や中学生に痴漢して捕まるやつのニュース、しょっちゅうテレビでやってるよね。困ったもので……」

と奈津子。

「ウインド・サーフィンの仲間に、アメリカ育ちの子がいるんだけどね……。アメリカでのデータだと、12歳までの女の子がいろんな性被害に遭《あ》う確率は約三人に一人だって」

「へえ……ひどいね……」

「まあね……。日本でもそういう被害ってたくさんあると思うけど、そういうデータってあまり表沙汰《おもてざた》にしないよねぇ……。臭いものに蓋《ふた》をするっていうかさ」そこまで話したとき、愛が店に入ってきた。

わたしと奈津子は、何気ない事を話しはじめた。

その30分後。愛の晩ご飯を作ってあげながら、ふと思った。あの子が、お金に困っているのは確かだ。だからといって、奈津子から聞いたような事をしているとは思えないし、思いたくもない……。

そんな事を考えているうちに、料理の塩加減を間違えてしまった。

〈どうしたんだろう……〉わたしは、胸の中でつぶやいていた。

翌日の土曜日。朝5時。わたしと愛は、いつも通り魚市場に行った。捨てられた魚をひろうために……。やはり、愛を連れているのが効果を上げて、市場の人たちの視線は穏やかだ。

一郎は、わたしたちを見るとうなずき、市場の隅を指さした。そこには、仕分けではねられた魚やイカが、落ちている。わたしと愛は、それをひろいポリバケツに入れはじめた。

そうしているときの事だ。愛の表情にわたしは気づいた。その表情の変化に気づいた。

いつものような無邪気な顔つきではない。何か、翳《かげ》りのある表情をしている……。魚をひろう動作にも、ちょっと元気がない。わたしは、そんな愛の表情をさりげなく見ていた。

やはり、何かある……。

〈ポテサラ、久しぶり……〉わたしは、つぶやいた。

午後の2時過ぎ。わたしと愛は、すぐ近くの森戸海岸にいた。町内の店で買ってきたもので、遅い昼ご飯を食べていた。旭屋《あさひや》で買った少し甘酸っぱいポテトサラダ。それをパンにはさんでかじっていた。

砂浜にずっと放置されている古ぼけた貸しボート。〈14〉という番号が描かれている。わたしたちは、そのボートに腰かけポテサラパンをかじっていた。

海は穏やかで、打ち寄せる波は小さい。淡い午後の陽が砂浜に射している。沖には、初心者らしいウインド・サーファーの姿……。

「……きのう、お父さんからお小遣いをもらった？」わたしは、思い切って愛に訊《き》いた。もし、彼女が何も答えなかったら、どうしよう……。そうなると、奈津子が言った事が当たってしまうかも……。

わたしは、かなりの勇気を出して、愛に訊いてみたのだ。すると、愛は、わたしの顔を見た。

「……小遣いっていうか、生活費、もらった……。でも、どうして知ってるの？」と言った。

わたしは、ざっと説明する。あの葛城が、たまたま駅のホームで彼女を見かけた、その事を話した。

「あ、左遷おじさんね」と愛。「そっか、ホームで見てたんだ……」と言った。わたしと愛は、青い空を見上げた。カモメが四、五羽、海からの微風に漂っている。

「でも、どうして駅のホームでお父さんと？」わたしは訊いた。

愛は、カモメを目で追いながら、「お父さん、忙しくて会社に泊まってるんだ」と言った。

横浜にあるマンションの中に会社があるという。お父さんは、ほとんどそこに泊まっていると言った。

「葉山には、帰ってこないの？」

「めったに……」と愛。「そんなに仕事が忙しいんだ……」訊くと、彼女は軽くため息。

「それもあるし、本当は家に帰ってきたくないみたい」と言った。

愛は、しばらく無言。ポテサラパンをかじり、午後の紅茶を飲んでいる。

「お父さんが、会社を作ったのは5年ぐらい前で……」ぽつりと口を開いた。もともとIT企業に勤めていたお父さんが、コンピューター・ソフトを開発する小さな会社を起こしたという。

「1年2年は、まずまずだったみたいだけど、3年目ぐらいから業績が右肩下がりになったみたい」と愛。〈右肩下がりか……〉相変わらず大人ぶったひと言に、わたしはちょっと苦笑い。

「おまけに、お母さんが病気になって入院しちゃうし……」愛が言った。

「じゃ、お父さんは大変だったのね？」訊くとうなずいた。お母さんが入院した頃、愛はまだ小学五年生だったと言った。

「入院する3カ月ぐらい前から、お母さんは具合が悪くなって、家事ができなくなったの」と愛。「掃除、洗濯、ご飯作りとか……。わたしも出来るだけ頑張ってたんだけど、お父さんはパニックになっちゃって……」とつぶやいた。

若い白人の男が、砂浜をジョギングしている。ロニーという名前。この近所に住み、横須賀基地《ベース》に勤めている。ロニーは、わたしに笑顔を見せ手を振った。ゆっくりと走り過ぎていく……。

「あれは、お母さんが入院して5カ月ぐらいたったときだった……」愛が、口を開いた。

「お父さんと一緒に、お母さんが入院してる病院に行ったの。お見舞いをして、そのあとお医者さんと話したわ」

「お母さんの病状について？」

「そう……。お医者さんによると、お母さんの具合はあまり良くない。入院が長引きそうだと……。お父さんは、ひどく暗い顔をしてたわ」と愛。空を見上げてつぶやいた。また、カモメが二羽、空をよぎっていった。

「そりゃ暗い顔になるよね……」とわたし。起業した会社がうまくいかなくなった。そして、妻が重い病気で入院。さらに、小学生の娘の世話もあるのだから……。

「その病院からの帰りに、横須賀のショッピング・モールに寄ったんだ。必要な物があって」と愛。午後の紅茶に口をつけた。

「ふと気がつくと、一緒にいたお父さんがいないんだ……。わたしは、外に出たわ。広い駐車場に出てみた。そしたら……」

「そしたら？」

「お父さんの車が、駐車場から出ていくのが見えたの。わたしは追いかけていったんだけど、車は道路に出ていって見えなくなった」淡々とした口調で愛は言った。

「で？」と訊いた。「わたしは、途方にくれて広い駐車場でぼさっと立っていたわ。もう少しで泣き出すところだった……。すると、10分ぐらいしてお父さんの車が戻ってきたんだ」

「へえ……」

「お父さんの車が近くに止まって、わたしが乗ると、〈ごめん、ちょっとぼんやりしてた〉とお父さんは言ったわ。でも……その半分は本当だけど、半分は言い訳だと思ったわ」

「……半分は言い訳？」訊くと愛はうなずいた。

「あのとき、お父さんは発作的にわたしをショッピング・モールに置き去りにしたんだと思う。心が疲れてたのが、ピークになって……」

「え……」わたしは、つぶやいた。

けれど、すぐに〈置き去り……それは違うよ〉と言えなかった。その状況を考えると、あり得る事かもしれない……。

「お父さんには、わたしがすごいお荷物で負担になってたんだと思う……。あんな事になったら、しょうがないのかもしれないけど……」うつむき加減でポツリと愛は言った。相変わらず、淡々とした口調だった。

わたしは、唇をかんで、水平線を見つめていた。ショッピング・モールで、親に置き去りにされた小学生の子……。

それでも、一方的に親を責《せ》めたりしない……。その健気《けなげ》さを思った。同時に胸の中でつぶやいていた。〈そんなの悲し過ぎるよ〉と……。

愛も顔を少し上げ、水平線を見た。いつものように口を半開きにして、ぼんやりと海を見ている。その唇の端にはポテトサラダが少しついている。

頭上からは、チイチイというカモメの鳴き声が聞こえていた。少し涼しくなってきた西寄りの潮風が、わたしたちのいる砂浜を渡っていく……。

その1時間後。

わたしと愛は、キッチンにいた。今朝ひろってきた魚をまな板にのせ、下ごしらえをしようとしていた。

わたしは、サバを一匹、まな板にのせた。サイズが少し小さいので、仕分けではね

られ、捨てられたものらしい。すると、

「このサバ、わたしみたい……」と愛が言った。「それって？」包丁を手にして、わたしは訊き返した。

「お前はいらないからって、はじかれて捨てられた……。それって、まるでわたし……」愛は小声で言った。

そこで、わたしは気づいた。今朝の魚市場で、あまり元気がなかった……。その理由はこれだったらしい。

あらためて、自分に降りかかった出来事と、いまの現実を噛《か》みしめてしまったのだろう……。

〈でも、そんな風に考えちゃダメだよ〉わたしは言いかけた。言いかけたけれど、その言葉を呑《の》み込んでいた。愛の言った事が、自分の心を鋭く刺したのに気づいていた。

そう……。考えてみれば、わたしもまた、親に置き去りにされた子供なのだ……。

言葉を失って、わたしはまな板のサバを見つめていた……。

ふと愛が、口を開いた。そのサバに向かって、

「もう少し大きかったら……捨てられなかったのにね……」と言った。愛のその表情は、泣き笑い……。鼻をぐすっといわせた。

〈もう少し大きかったら……〉〈捨てられなかったのにね……〉

わたしは、それを胸の中で繰り返した。愛は、サバに向けてつぶやいた言葉に託して、こう言いたかったのだろうか。

〈もう少しわたしが大きくて、手のかからない娘《こ》だったら、お父さんに捨てられそうになる事もなかったのに〉と……。

わたしは、愛の細い肩を片手で抱いた。

〈泣かないで〉と言いたかった。でも、ただ鼻の奥がツンとして、涙がにじんできた。まな板もサバもぼやけていた……。

開けてある窓から、遅い午後の海風が入ってきて、わたしの前髪をそっと揺らせた。店のミニ・コンポからはE《エルトン》・ジョンの〈Goodbye Yellow Brick Road《グッバイ・イエロー・ブリック・ロード》〉が静かに流れていた。

11　あの子を豚にするつもり？

何がゴールデン・ウイークだ……。わたしは、思わずつぶやいていた。

5月の第2週。木曜日だ。正午を少し過ぎた頃。キッチンで、アジをさばこうとしていた。

うちの店〈ツボ屋〉は、頑張って営業している。愛も朝の仕入れを手伝ってくれている。葛城も、ほとんど毎晩来てくれている。けれど、お店の売り上げは横ばいだ……。

基本的に、一郎の知り合いの漁業関係者だけがお客だ。一晩に四人から五人……。魚を拾ってくるから仕入れはほとんどタダ。それで、なんとかやっていける。けれど、利益というほどのものは出ない。葛城の信用金庫から借りている３２５万円を返済する、その目標には、とんでもなく遠い。

このゴールデン・ウイーク。葉山の町には、観光客がたくさんやってきた。けれど、みな、うちの前は素通り。湘南らしいお洒落《しゃれ》な店にいってしまうのだ。わたしは、ふっとため息をついた。そのときだった。店の入口が勢いよく開いた。

「お店やってる!?」という大きな声が響いた。

中年女性が店に入ってきた。髪をショートカットにした女性だった。東京の人だとすぐにわかる洒落たファッション……。彼女は早足で入ってくる。

「お店、やってるのよね」せかせかとした口調で言った。

「あの……」わたしは、つぶやいた。店を開くのは夜だけだ。けれど、店のドアにかけてある〈OPEN〉のプレートを昨夜からそのままにしていたのを思い出した。

その女性は、わたしを正面から見る。

「昼食、一人前でいいんだけど、何が出来るの？」と訊《き》いた。有無を言わさない口調だった。

わたしは、まな板のアジを持ち上げた。尻尾《しっぽ》を持ち、「これなら」と言った。

「アジね……」と彼女。そのとき、店の入口からジーンズ姿の若い女が入ってきた。

「コトウさん、すみません！」と言った。コトウと呼ばれた中年女性は、

「言ってあったでしょう。ロケ弁は、カロリーに気をつけてって……。よりによって

トンカツ弁当はないでしょ。あの子を豚にするつもり？」
と、少しきつい口調で言った。ロケ弁……。その言葉を聞いて、わたしは思い出した。今朝から、すぐそばの森戸海岸で何かロケをやっていた。朝から、何人もの撮影スタッフが準備をしているのが、二階の窓から見えた。

葉山は、ロケ銀座だ。雑誌、ドラマ、テレビ・コマーシャルなど、毎週のように撮影をやっているので、珍しくはない。いまは、そのロケ隊のお昼らしい。コトウというその女性は、

「その魚で、何が出来るの？」とわたしに訊いた。

「アジのお刺身とご飯なら……」わたしは言った。

「アジのお刺身定食ね……。お刺身ならヘルシーでいいわ。あの子が食べればだけど……」と彼女。ロケのスタッフらしい若い女性に、「シンちゃん、呼んできて」と言った。

3分後。若い男が、店に入ってきた。彼が〈シンちゃん〉らしい。20歳《はたち》ぐらいか……。ひと目で、モデルかタレントとわかる。痩《や》せ型で、色白の顔が小さい。体温の低そうな人だった。着ているパーカーやコットン・パンツもいかにも高級品だった。撮影の衣装なんだろう。

「じゃ、お刺身定食よろしくね」コトウという女性は、わたしに言った。タレントさんを残して出ていった。どう見ても、彼のマネージャー……。

「これは……」と彼。カウンターの向こうから、身をのり出した。まな板のアジをじっと見ている。

「丸ごとの魚を見た事ないの？」わたしは訊いた。シンちゃんと呼ばれた彼は、うなずき、

「水族館でしか……」と小声で言った。〈うひゃ〉わたしは、胸の中でつぶやいた。たぶん、このタレントさんは、典型的な都会っ子なのだろう。その彼は、パーカーのポケットからカメラを取り出した。小型の高級そうなデジカメだった。

「いいカメラ……」とわたし。彼の表情がかすかに和《やわ》らいだ。「ライカのデジカメなんだ」とつぶやいた。そして、「その魚、撮っていい？」と彼は訊いた。わたしは、うなずいた。

「こんな魚でよければ、撮っていいわよ」と言った。彼は、回り込んでカウンターの中に入ってくる。レンズをまな板の上のアジに向け、近づいていく……。

「あまり近づくと嚙《か》みつかれるわよ。まだ生きてるから」わたしは言った。彼は、ビクッとして半歩下がった。その顔が、引きつっている。

「冗談、冗談」わたしは、彼の肩を叩《たた》いた。

「そんなに、魚をさばいてるのが珍しい？」

わたしは彼に訊いた。アジをさばいているわたしの動作を彼がじっと見ているからだ。たぶん、魚をさばく場面に初めて出会ったのだろう。

ときどき、わたしの手元にカメラを向けて、シャッターを切っている……。時間をかけると、魚に体温が移ってしまうので、わたしは手早くアジをさばいていく……。

「まあ食べてみて」とわたし。彼にお箸《はし》を差し出した。彼の前には、アジの刺身とご飯がある。アジというとすぐ叩きを連想する人がいるけれど、それは間違い。新鮮なアジは、お刺身が一番だ。

いま、お刺身にはすった生姜《しょうが》と刻んだ浅葱《あさつき》がそえてある。両方とも近くにある農家から買ったもの。スーパーで売っているものより香りが強い。

彼は、恐る恐るアジにお箸をのばす。まだ生きていないか、確かめるように……。

アジの上にすった生姜と浅葱をのせる。小皿の醬油《しょうゆ》をつけて、口に運ぼうとしている。

相変わらず、恐る恐る……。

この都会っ子、アジの刺身を食べられるかどうか……。

けれど、その10秒後、彼は「美味《おい》しい……」とだけつぶやいた。黙々とお箸を使いはじめた……。

1時5分前。あのコトウさんが入ってきた。ちょうど彼が食べ終わったところだった。

「あら、シンちゃん、アジのお刺身食べられたんだ」と言った。彼がうなずいた。

「おいくら？」とわたしに訊いた。3秒考える……。500円じゃ安い。千円だと高いかも……。

「800円」と言うと、「安いわね。お世話様」と彼女は微笑した。お金をカウンターに置いた。店を出ていくとき、彼がじっとわたしを見ていた。何か、不思議そうな表情で……。

3時半。わたしは、夜の準備を終えて店を出る。20秒歩いて砂浜に出てみた。どんなロケをしているのか、暇つぶしに見にいった。

砂浜に、初夏を感じさせる陽が射していた。

あの彼と、タレントさんらしい若い娘《こ》が、波打ち際で向かい合っていた。カメラマンを含め、一五人ぐらいのスタッフが周囲にいる。カメラが回っているらしい。タレント二人は、何かぼそぼそとセリフをかわしている……。

平日の午後なので、見物人も、タレントさんのファンらしい姿もない。わたしは、撮影スタッフたちの輪の外側に立って、ロケを眺めていた。気がつくと、そばにあのコトウさんがいた。わたしに気づくと、うなずき微笑した。

そこで、「カット！」の声がかかった。あたりに張りつめていた緊張がほどけた。

「テレビドラマ？」わたしが訊くと、「劇場用映画。秋に封切るの」とコトウさん。手にしている台本の表紙をわたしに見せた。

〈いつか君と見た水平線〉というタイトルが、印刷されていた。湘南を舞台にした切ないラブ・ストーリーだという。

「クランクインしたばかりで、これからも、葉山ではよくロケをする予定だから、よろしくね」と彼女。名刺を差し出した。〈榊《さかき》プロモーション　マネージャー　古《こ》藤《とう》礼《れい》子《こ》〉と印刷されている。しばらくすると、

「はい！　次はカット14、リハーサルいきます！」の声が響いた。わたしは、名刺を手にそこを離れた。

「ウツミ・シンが、すぐそこで撮影やってたね」と店に入ってきた愛が言った。

午後の4時半だった。「ウツミ・シン？」わたしは、つぶやいた。それが、あの

〈シンちゃん〉のフルネームなのか……。

「あれ、ウミカ知らなかったの？」と愛。わたしは、仕方なくうなずき、「彼って、人気なの？」と訊《き》いた。

「かなりだと思うよ」と愛。通学用のデイパックからスマートフォンを取り出した。画面にタッチしている。

愛もさすがに葉山育ちの子。芸能人がすぐそばでロケをしていても、驚く様子はないけれど……。そんな愛が、ウィキペディアを開いた。

彼について、書かれている。〈内海《うつみ》慎《しん》は、日本の俳優〉とあり、データが出ている。名前の漢字は〈内海慎〉か……。彼は東京出身で、いまは19歳。14歳でスカウトされ、芸能界に入ったようだ。

これまで、そこそこの数のドラマや映画に出演している。ほとんどが、いわゆる青春ドラマやラブコメらしい。去年あたりからは、主演した作品もあるようだ。

「彼、七里ケ浜でスカウトされたみたいだよ」と愛。

「七里ケ浜？」

「そう。なんか、七里ケ浜で写真撮ってるとき、近くでロケをしてた人にスカウトされたんだって」と愛。彼が、ライカという高級そうなカメラを持っていたのを、わたしは思い出した。

「よく知ってるね」と愛に言った。「クラスでも、慎を好きな子がいるから……」

「へえ……」わたしは、つぶやく。中一で、19歳のタレントのファン……。まあ、あり得るだろう。

「でもさ、彼ってどこがいいの？」とわたし。愛は、しばらく考える……。ちょっと生意気に腕組みして、

「あの暗さっていうか、翳《かげ》りかな……」と言った。

「暗さと翳り？」わたしは、訊き返していた。愛は、うなずきスマートフォンを操作している。やがて、その画面を見せた。

彼のブログだった。〈内海慎の『うつむきダイアリー』〉というタイトル。写真と短い文章が投稿されている。わたしは、それを見はじめた。

「確かに、暗いっていうか、変わったブログ……」わたしは、つぶやいた。若いタレントのブログだったら、まず本人の写真が中心だろう。でも、彼のブログには本人の写真がない。……というより人というものが写っていない。

たとえば……マンホールの蓋《ふた》を撮った写真。そこに〈青山《あおやま》通りの片隅で。〉というキャプション。

人けのない海の波打ち際を撮った写真。そこには〈ロケが終わった千葉の海岸。〉

というキャプション。

部屋の隅にある、小さめのゴミ箱の写真。そこに〈麻布《あざぶ》スタジオ、控室にて。〉というキャプション。ほとんどが、殺風景で言ってみれば寂しい写真ばかりだ。

「しかも、みんなカメラを下に向けてる……」わたしは、つぶやいた。カメラを上に向けて空などを撮ったものは、まずない。いつも、カメラのレンズは下を向いている。

「たぶん、それだから、『うつむきダイアリー』なんだよ」と愛が言った。わたしは、うなずいた。

苗字《みょうじ》が、ウツミ。なので、『うつむきダイアリー』なのかもしれない。

「それにしても、暗いブログ……」わたしは、つぶやいた。けれど、その液晶画面をスクロールしていた手が、ぴたりと止まった。

12　七里ヶ浜で出会って

フォロワー数、22万7千人。わたしは、その数字をじっと見ていた。

「すごいフォロワー数……」とつぶやいた。愛が、うなずいた。

「でも……その慎のブログをフォローしてる人の気持ち、わからなくもない……」と言った。わたしは、愛の横顔をじっと見た。3、4分すると、

「中高生とかで、目いっぱい明るく振るまってる人っているけど、どうなんだろう……」彼女はつぶやいた。「本当に明るく生きてられる中高生なんて、すごく少ないと思うよ。みんな、暗さや悩み事をかかえて、でも、それを周囲にさとられないように、無理やり明るく振るまってるような気がする……」

と愛。わたしは、うなずいた。

「そんな人たちが、根暗っぽい慎のファンになったり、ブログをフォローするのは、

わかるな……」愛が、小声で言った。そして、

「しかも、彼のファンって、大学生やＯＬもかなりいるらしいの……。いまの時代、生きていくって大変だし……」とつぶやいた。その背伸びしたセリフに、わたしは思わず苦笑い。

「確かに、彼、根暗な感じだったわね……」わたしは、つぶやいた。さっきの彼の様子を思い出していた。ご飯を食べている間も、終始うつむいていたような気がする。長めの前髪が、端整な顔のかなりを隠していた。口数も少なかった。わたしが、愛にその事を言うと、

「え？　内海慎がこの店に来たの!?」と丸い目をさらに丸くした。

「まあね……」と、わたしは、さっきの出来事をありのままに話した。「びっくり……。あの慎がここでご飯食べたなんて……」と愛。

「たいした事ないわよ。彼のマネージャーさんが、たまたまうちの店を見つけて連れてきただけの話」とわたし。「そっか……ただの偶然なんだ……」愛がうなずいている……。

その15分後。

「そう言えば、今日、学校で一郎を見かけた」と愛が言った。「一郎が、中学校

に？」わたしが訊くと、愛はうなずいた。

「放課後の校庭で、体育の先生と何か話してた」

「体育の先生って、武田《たけだ》？」とわたし。武田は、四十代の男性教師だ。いろいろな部活の顧問もやっていた。

「そう。武田先生と仲良さそうに話してた」と愛。

「ふうん……」わたしは、つぶやいた。地元育ちの一郎が、わたしや愛と同じ中学に通っていたとしても当然だろう……。でも、中学を卒業して6、7年はたつはず……。なのに、体育の武田と仲良く話していたとは、どうしてだろう。心の中にクエスチョンマーク……。

　2日後。午前11時半。

「二人前？」わたしは、訊き返した。マネージャーの古藤さんが、お店に飛び込んできて、「お願い！　お昼ご飯、二人前！」と言ったのだ。

　今日も朝から、近くの海岸でロケをやっていた。内海慎の姿も、ちらりと見た。そんな、昼前。マネージャーの古藤さんが、店に飛び込んできたのだ。〈お昼ご飯を二人前！〉と言った。

「今日のロケ弁は、よりによって脂っこい焼肉弁当だって。まいった、まいった」と古藤さん。「シンちゃんの分と、もう一人分、なんか作れない？」とわたしに言った。

「イカなら……」とわたし。ちょうど、今朝市場でひろってきたマルイカをさばいているところだった。「イカでもタコでもいいわ。とにかく、カルビ弁当よりはましね。じゃ、二人前お願い！」と古藤さん。店を出ていく……。

二人前という事は、慎と、共演してる女性タレントのランチとかだろうか……。

その1時間後。店のドアが開いた。慎ともう一人、女性ではなく中年の男性が入ってきた。慎が、「こちら、監督の向井《むかい》さん……」と言った。その向井という監督さんは、

「お邪魔するよ」と、わたしに微笑した。「一昨日《おととい》、慎がすごく美味《おい》しい刺身を食べたっていうから気になってね……」と言った。

彼は、五十代だろうか。痩《や》せ型で、口ヒゲをはやしている。穏やかで優しそうな表情を見せている。

「……これはいいね……」と監督がつぶやいた。

二人の前に、お昼ご飯を出したところだった。まず、イカそうめん。つまり、イカを細切りにしたお刺身だ。マルイカは新鮮なので、身が半透明……。ワサビ醤油《じょうゆ》をそ

えてある。そして、海岸でひろってきた昆布の酢の物。さらに、近所の農家から安く買ってきたグリーンピースの炊き込みご飯……。それを前にした監督が、〈……これはいいね……〉とつぶやき、箸《はし》をとる。そして、

「私の年になると、脂っこいロケ弁当がしんどくなってきてね……」と言った。


「あ、雨……」わたしは、つぶやいた。

二人が、お昼を食べはじめたところだった。開けてあるキッチンの窓。そこから入ってくる海風に、雨の匂いがした……。午前中は晴れていた。けれど、すでに雲が空をおおいはじめた。もうすぐ、雨が降ってくる……。海岸町で暮らしていると、こういう事には、敏感になるのだ。

5分後。小雨が降ってきた。ご飯を食べていた二人も、顔を上げ窓につたう雨粒を見ている。やがて、若い男性スタッフが店に入ってきた。

「予報だと、午後一杯は降るみたいです」と監督に言った。「しょうがない。バラしだな」監督が箸を持ったまま言った。〈バラし〉とは、撮影の中止らしい。

慎が、軽くアクビをした。ゆっくりと昼ご飯を食べ終わったところだった。

「ホテルに帰ってひと眠りしたらどうだ？　このところ、早朝からの撮影が続いてた

から……」と監督。「そうですね」と慎。カウンター席から立ち上がり、わたしを見た。そして、

「あの……」と言った。「あの、一昨日ここで撮った魚の写真を送りたいんだけど……ラインで送っていいかな？」

と慎が言った。わたしは、ちょっと考えながら慎の顔を見た。真剣そうな表情だった。断る理由もない。「オーケー」とわたしは言った。彼とラインのアカウントを交換した。

「珍しい事があるもんだ……」と監督。「慎が、女性にラインのアカウントを訊《き》くなんて……」と言った。

慎が、店を出ていった5分後だった。わたしは、カウンターの上を片づけていた。すると、エプロンのポケットに入れてあるわたしのスマートフォンに着信……。慎からのラインがきていた。写真が添付してある。それを見て、

「え？」

わたしは、思わずつぶやいた。慎からきた写真。その一枚は、まな板にのっているアジだ。

そして、もう一枚。それは、アジをさばいているわたしの横顔だった。アジのよう

な小形の魚をさばくには集中力が必要だ。わたしは、真剣に包丁を使っていた。なので、横顔を撮られていたのにまるで気づかなかった。

わたしは、口を半開き。その写真を見ていた。ふと気づくと、監督がそばにきて、スマートフォンの画面を見ている。

「へえ……またまた珍しい事があるもんだ」と言った。「珍しい？」わたしは訊き返していた。監督は、うなずく。

「慎の趣味が写真なのは、知ってる？」と言った。わたしは、うなずいた。

「私も、彼が撮った写真はよく見てるよ。ブログにのせたもの以外でも……」と監督。

「でも、慎が女性を撮ったのは初めて見たよ」と言った。

「初めて……」

「そう、慎のまわりには、女性スタッフや共演者たちがいるけど、そんな女性に向けてシャッターを切ったのは、一度も見た事がない……。ちょっと驚いたな」

その1時間後。

「……監督が、慎をスカウトした？」わたしは、訊き返していた。彼は、うなずいた。

「まあ、周囲はみな知ってる事だから隠す必要はないんだけどね」と言った。グラスに口をつけた。さっきから、雨は本降りになっている。〈この分だと、明日《あした》の午前中もダメかな……〉と監督。残っているイカそうめんをつまみながら、ジンのオン・ザ・ロックを注文して、飲みはじめていた。

「あれは、もう5年前か……。私は、十代向けの恋愛映画を撮っていたんだ。その撮影中に、偶然、慎と出会ってね……」

「撮影中に？」とわたし。「そう、七里ヶ浜で撮影をしてたんだけど、その休憩中、たまたま近くで写真を撮っている一人の少年に気づいたんだ」

「それが、慎？」訊くとうなずいた。わたしは、愛に聞いたエピソードを思い出していた。そのエピソード通りらしい。

「たまたま、私は次に撮る映画の出演者を探していた。ラブ・ストーリーとかじゃなく、シリアスな作品で、その中に出てくる中学生の男の子を探していたんだ」

「シリアスな……」

「ああ。家族の絆《きずな》の強さと脆《もろ》さを描く作品で、そこに何シーンか出てくる無口で内向的な男の子を探していた。トータルで10分ぐらいの出演シーンだけど、大事な役なんだ……。しかし、そのオーディションが難航《なんこう》してね……」

と監督。ジンをひと口……。「既成の俳優にはない存在感が欲しかったんだが、それが難しかった」

「……そこへ、慎が？」

「ああ……。平日の午後なのに、一人で砂浜にいて、打ち上げられた海藻の写真を撮ってたよ」と監督。ちょっと苦笑い。雨降りなので、わたしは明るいオールディーズのCDをミニ・コンポに入れた。「そのときの彼を見て、ピンときたの？」

「そうだね……。透明感のある翳《かげ》りみたいなものに、ほかの俳優にない何かを感じたって事かな……。そばにいた榊プロモーションの古藤さんに言って、声をかけてもらったんだ」と監督。

ミニ・コンポから、お母さんが好きだった〈渚《なぎさ》のボードウォーク〉が流れはじめた。

「……その後いろいろな経緯はあったが、半年後、慎はカメラの前に立った。短い出演シーンだったけど、封切った後、さまざまな方面から注目を浴びてね……」

「で、いまの人気に？」

「まあ、そうだね。この5年で、確実にファンを獲得してるようだ……」と監督。

「その事に、私は驚いていないよ。ある程度、予想していた」と言った。「ただ……」

「ただ？」

「慎に関して、不思議に思ってる事があってね……」

13　もしかしたら、君が「マイ・ガール」

「彼が女嫌い？」わたしは、思わず訊き返していた。

「そう断定したわけじゃないけどね」と監督は苦笑い。ジンをひと口……。

「慎はいま19歳。ガールフレンドぐらいいても不思議はない。でも、そんな雰囲気がないんだなぁ……」監督は、これまでの5年間で、計五本の作品で慎と仕事をしてきたという。

「だから、撮影現場では、しょっちゅう一緒なんだが、ちょっと不思議でね……」

「不思議……」とわたし。

「さっきも話したように、撮影現場には、きれいな女優さんや、お洒落《しゃれ》なスタイリストさんなどがいるわけだけど、慎はそんな女性たちと話すわけでもなく、カメラばかりいじってるんだ」と監督。「マネージャーの古藤さんに訊いても、ガールフレンドはいないようだと……」

「へえ……」

「もしかして、同性が好きなのかとも思ったが、それも違うようだ」と監督はまた苦笑い……。

　わたしは、使ったまな板を洗いながら、

「もしかして、彼は、人間嫌い？」とつぶやいた。あの、人がまったく出てこないブログを思い出していた。監督が、わたしを見てうなずいた。

「そう……君の言う通りかもしれない。慎の境遇を考えれば、その可能性が高いな。人間嫌いだから、人間の写真を撮らない……」と言った。また、ジンをひと口。

「ところが、その慎が、君の写真を撮ったんで、私は驚いたわけだよ。もしかしたら、慎は君に特別な興味を持ったのかな……」

「そんな……」わたしは、つぶやいた。彼のような人気俳優が、わたしみたいに地味で野《や》暮《ぼ》ったい女の子に興味を持つなんてあり得ない……。そう言うと、

「さあ、どうだろう……。それは、何ともわからないね。慎がこれまで出会ってきた女性たちにない何かを、君に感じたのかもしれないし……」と監督。グラスを手に微笑。何か考えている……。

「さて、このシナリオは、この後どう展開するのだろう……」とつぶやいた。わたし

はうつむき、無言でお皿を洗っていた。

同時に、さっき監督が言った〈慎の境遇を考えれば……〉という言葉が気になっていた。いったい、彼の境遇とは……。

雨は、降り続いている。ミニ・コンポからは、テンプテーションズの〈My Girl《マイ・ガール》〉がゆったりと流れていた。それを聴いていた監督が、

「どんな男でも、自分にとってのマイ・ガールと、ふいに出会ってしまう事はあるものだからね……」とつぶやいた。窓ガラスを、雨が濡《ぬ》らしている。


翌日。夕方の4時半だった。わたしのスマートフォンで着信音……。エプロンのポケットから出して見る。慎からだった。

「ライン？」と、キッチンの手伝いをしている愛。「慎からライン」と言うと、

「え？　慎からライン？　見せて見せて！」と愛。わたしは、画面を愛に見せた。〈この前撮った魚の画像、ブログに載せていい？〉の文面。それを愛がじっと見ている。

「この前撮った画像って？」と訊《き》いた。わたしは、画面をスクロールして画像を出す。

……まな板にのったアジ。

そして、わたしの横顔……。愛は、目を丸くして、

「これは、ただ事じゃない……」とつぶやいた。わたしは首を横に振った。

「たいした事じゃないわよ。……彼が気まぐれで撮ってみた、それだけ」と言った。

そして、〈魚の画像は自由に使って〉と慎にラインを返した。

〈ありがとう。これから、東京に戻るよ。しばらくスタジオで撮影だから〉と慎。昨日から降っていた雨は、午前中で上がった。

午後の砂浜では、撮影の続きをやっていたようだ。それも終わり、これから東京に戻るらしい。

「あ……」と愛がつぶやいた。

明け方の5時。わたしと愛は、魚市場に向かっていた。ふと足を止めた愛が、スマートフォンを取り出した。どうやら、慎のブログ『うつむきダイアリー』を開いてみたらしい。

「載ってる……」と愛。わたしに画面を見せた。確かに、あの画像がアップされていた。まな板にのっているアジ。そして、キャプションは、〈ロケ地、葉山で食べた魚。〉と、いたって簡単。深夜にアップしたらしい……。

けれど、これが大騒ぎのきっかけになるとは、予想もしていなかった……。

5分後の魚市場。「よお」一郎がわたしたちに笑顔を見せた。そして、

「雨で海が濁ってたんで、今日の漁はいまいちだな」と言った。確かに、魚市場には、あまり活気がない。一郎も少し暇そうにしている。そのとき、愛がスマートフォンを取り出した。

「ねえねえ、ここでもらった魚がネットにのってるよ」と言った。画像を見せた。

「これは？」と一郎。「内海慎っていう俳優のブログ。最近、葉山で映画のロケしててさ」と愛。

「ああ……葉山のあちこちで映画のロケしてるらしいな。今井《いまい》なんとかって女の子が来てるって、若い漁師の誰かが騒いでた」と一郎。

「今井？」わたしが訊くと、「今井朝美《あさみ》。ほら、慎の相手役をしてるタレント。いま相当な人気だよ」と愛が言った。

「そうなんだ……」とわたし。知らなかった……。テレビを見ないわけではないけど、タレントさんの顔と名前が覚えられないのだ。

中高生の頃も、それで〈ボケナス海果〉と、さんざん馬鹿にされたものだった。……わたしは、照れかくしに市場の隅に落ちている魚やイカをひろいはじめた。

「ここじゃない？」という女の声が、店の外で聞こえた。

土曜日。昼の12時過ぎ。わたしは、店のキッチンでタコ飯の下ごしらえをしていた。となりでは、愛が手伝ってくれている。

「えっ、こんな地味な店？」そんな声がまた聞こえた。「でも、たぶんここだよ……」という声……。

やがて、店のドアがゆっくり開いた。若い女が二人、入ってきた。二人とも20歳《はたち》ぐらい……。カジュアルなスタイルだけど、地元の人じゃないのは、すぐにわかった。たぶん、東京や横浜から……。

「あの……お店、やってますよね……」と一人が言った。

最近は、一郎の知り合いが昼間やってくる事もある。ビールやコーヒーでひと息つくために……。そこで、昼間も〈ＯＰＥＮ〉のプレートを外に出してある。といっても、こういうお客に出せるものはほとんどない。わたしが、「あの……」ぼそっと言いかけたとたん、

「どうぞ！」と愛が明るい声で言った。

二人は、テーブル席についた。愛が二人の前に水を置いた。カウンターの中に戻ってくると、メモ用紙に、〈お客！　お客！〉と走り書きした。まあ、確かに……。

「あの、ランチ、何ができます?」とお客の一人。わたしは、仕方なく、いま茹《ゆ》で上げたばかりのタコを手にして、「こんなものなら……」とつぶやいた。丸ごとのタコに、二人はたじろいだ表情……。

「それは、ちょっと……」とお客。わたしは、〈マルイカで作った塩辛でも……〉と言いかけてやめた。それが的《まと》外れなのは、ボケナスのわたしでもわかる。そのとき愛が、

「パスタのペペロンチーノなら出来ますけど」と言った。それは、わたしと愛がお昼に食べる予定のものだった。ニンニクや赤唐辛子はもう用意してある。

「あ、じゃあ、それとあとでコーヒーをお願い」とお客が言った。愛が、わたしにウインクしてみせた。

店に、ニンニクを加熱するいい匂いが漂いはじめた。

ペペロンチーノは、簡単だ。ニンニクを焦がさないように弱火で加熱する。パスタを茹でるとき、塩とオリーブオイルをほんの少し入れる。パスタをフライパンに移すとき、茹で汁を少量加える。そこだけがコツと言えるだろう。

これは、お爺《じい》ちゃんに教わったものだ。お爺ちゃんが作っていたのは、基本、漁師料理だ。

けれど、研究熱心なので、洋風のものもよく作っていた……。やがて、パスタはできた。愛がそれを二人のテーブルに運んでいく。

「あの……」とお客の一人。「最近、この辺で映画のロケやってるわよね？　内海慎が主演してる……」と訊いてきた。

ちょっと探るような口調だった。彼女たちが、パスタを食べ終えコーヒーを飲んでいるときだった。

「ああ……そうみたいで……」と、わたしは、一応とぼけておいた。彼女はうなずいた。やがて、二人はコーヒーも飲み終えた。

「おいくら？」と訊いた。わたしは、〈いくらにする？〉とメモ用紙に走り書きして愛に見せた。〈コーヒー込みで１２００円〉と愛の走り書き。

〈高くない？〉とわたし。ペペロンチーノの材料費は安い。でも、愛は首を横に振り、〈それが相場よ！　相場！〉と書いた。

「そっか……」わたしは、つぶやいた。お客が帰った5分後だった。愛が、スマートフォンの画面をわたしに見せていた。葉山にあるほかの店のメニューが画面に出ていた。

「確かに……」わたしはつぶやいた。その店では、ペペロンチーノは９５０円。コーヒーをたせば、１３００円とか、それ以上になるかもしれない。

「いまどきは、こんなものよ。だから、いまのは高くないわ」と愛が言った。

「あのお客たち、慎のファンなのかな……」わたしは、つぶやいた。

「たぶん……」と愛。いま撮影している映画の制作発表は、テレビやネットでとっくに流されている。湘南が舞台のラブ・ストーリー。主演は、内海慎と今井朝美。それは、ファンたちには知れ渡っていると言った。

しかも、慎が自分のブログにこの店で撮ったアジの写真をアップし、〈ロケ地、葉山で食べた魚。〉のコメントをつけた。

「それで、あの人たち、来たんだと思う」と愛が言った。

「でも、なんでうちの店に？」とわたし。確かに〈ロケ地、葉山〉とはブログに書いてある。でも、店名などは一切書いてない。

「魚を扱う店なんて、葉山には山ほどあるのに……」と言った。それなのに、店に入ってくる前に、〈でも、たぶんここ……〉という話し声が聞こえていた。かなり当《あ》たりをつけてきた感じもする。

「なんでだろう……」と、わたしはまたつぶやいた。愛もさすがに首をひねる……。

「うーん……わからないけど、慎がああいう暗めのキャラクターだから、そのファンも真面目な人が多いみたい。葉山のあちこちを歩き廻《まわ》ってるのかなあ……」と言った。

「ってことは、ああいうお客がまた来るかなあ……」わたしは、つぶやいた。

慎のブログに〈葉山〉の地名が出たのは、つい昨日……。この先は、どうだろう……。

愛は、腕組み。「慎を目当てにしたお客がくる可能性は、大いにあるわね」と言った。そして何か、すごく真剣に考えている……。

14　そのパスタは、少し切ない

「シーフードのパスタ？」わたしは訊《き》き返した。

愛は、うなずく。「客単価を上げるためにね」と言った。客単価……。さすが経理部長。なるほどと、わたしはうなずいた。

「ペペロンチーノじゃ、いいとこ千円止まりでしょ。そこにシーフードを入れれば、１２００円か１３００円はとれるかも……」と愛が言った。

「シーフードって？」

「とりあえず、簡単に手に入るイカとかタコとか」と愛。「そっか……」わたしは、つぶやいた。新鮮なイカとタコなら、手に入る……。

「さっそく作ってみようよ」と愛。わたしは、うなずいた。わたしたちもお腹がすいていた。

タコは、もう茹《ゆ》でてある。あと、ヤリイカを朝の市場で拾ってきていた。

いまどきのヤリイカは、やや小ぶりだけど、その分、身がとても柔らかい。それだけに、漁網の中で脚がちぎれやすい。

今朝、魚市場の隅には、そんな脚のちぎれたヤリイカがかなり捨てられていた。それを五ハイほど拾ってきていた。

まず、フライパンにオリーブオイルを引く。そこへニンニクと赤唐辛子を入れて加熱。店にあった缶詰の湯むきトマトを潰《つぶ》し、フライパンに入れ加熱し続ける。それだけで、食欲をくすぐる匂いがフライパンから立ちのぼりはじめた……。

ヤリイカは、30秒ほどお湯に通す。新鮮で柔らかいのでそれで充分。お湯に通すことで、表面の生臭さを消せればいい。

そのヤリイカと、すでに茹でてあるタコを小切りにする。フライパンに放り込む。塩と黒コショウで味をととのえたところに、茹で上げたパスタを入れ、さっと混ぜる。

「オーケー、できた！」わたしは言った。これの基本は、お爺ちゃんに教わったものだ。〈まあ、地中海の漁師料理だな〉と……。

「どうしたの……」わたしは、フォークを動かす手を止め愛に訊いた。彼女が無言でいるからだ。

「不味《まず》い？」と訊くと首を横に振った。愛も、フォークを動かす手が止まっている……。そして、

「……こんな美味《おい》しいパスタ、ずっと食べてない……」しみじみとした声でつぶやいた。わたしは、少し胸がつまった。

何より素材が新鮮だし、まずまずよく出来たシーフード・パスタだと思う。タコもヤリイカも、身がプリプリしているけど柔らかい。そして海の味がする……。

それにしても、〈ずっと食べてない〉という愛の言葉……。お母さんが体調を崩してしまってからの2年ほど、どれほど貧しい生活を送ってきたのか……。それを思うと、少し切なかった……。

わたしと愛は、また無言でフォークを動かしはじめた。午後の店に、ビージーズが歌う〈若葉のころ〉が静かに流れていた。

「ありゃ！」

愛が、すっとんきょうな声を出した。夜の9時過ぎだ。「どうした？」とわたし。愛は、スマートフォンを手にしていた。その画面をわたしに見せた。

インスタグラムだった。〈#内海慎〉となっている。ハッシュタグ内海慎……。どうやら、慎のファンがタグ付けして書き込んでいるらしい。書き込んでいる本人は

〈Ｈｉｒｏｋｏ《ヒロコ》　１２０５〉となっている。

　その下には、〈見つけた！　あの店〉の一行。そして写真が二枚。一枚は、うち〈ツボ屋〉の看板のアップ。もう一枚は、店全体を写したものだ。

「これって……」わたしは、思わず絶句した。「今日きたあの人たちが、アップしたんだ……間違いない……」と愛。確かに、夕方の5時頃にアップしてある。

「でも、凄《すご》い反響……」と愛。画面をスクロールしている。その書き込みへの〈いいね〉はすでに４７２。その下には、ほかの人たちがコメントしている。

　コメントは、いまのところ１３７件。インスタへのコメントとしては、かなり凄い数だ。

〈やっぱり葉山だったのね〉というコメントには、アップした本人が、〈そう、森戸海岸のすぐ近く〉と答えている。〈この店のサイト見ましたよ！〉というコメントもある。

　あちゃ……。

　わたしは、つぶやいた。お母さんが店をやっている頃、お店のサイトを作りネットにアップした。というより、葉山の商店会が各店のサイトを作ってくれたのだ。そのサイトは、まだネット上にある。そこには、うち〈ツボ屋〉の住所やアクセス・マップも載っている。

インスタへのコメントは、まだまだ増えている様子だ。

理由はわからない。けれど、慎がうちの店にきたのは、ファンたちにばれてしまった。

わたしは、そのインスタをさらに見る。〈この店で慎に会えるかも！〉というコメントまである。「明日《あした》の日曜は、どうなるんだろう……」わたしは、つぶやいた。

しめた……。わたしは、胸の中でつぶやいた。

翌日の早朝、4時50分。魚市場。かなり沢山のヤリイカが、隅に捨てられてあった。これから夏にかけて、相模湾はヤリイカのシーズンになる。かなり大きな群れで回遊するのだ。

今朝も、そんなヤリイカが市場の隅にあった。脚が千切れて仕分けではねられたものだろう。

今朝はかなりのヤリイカが網に入ったらしく、市場には活気がある。仕分けではねられたヤリイカを気にする人はいないようだ。わたしと愛は、それを拾いポリバケツに入れていく……。

「一郎！　タコ、よろしく！」という声。一郎は、生簀《いけす》に手を突っ込む。ネットに入ったタコをつかみ出す。ダイナミックなフォームで投げた。タコは、30メートルほど飛んでいく。仲買人らしいおじさんが持っている発泡スチロールのトロ箱に入った。

その、５秒後、愛が生簀をのぞいた。

「二匹？」と一郎。訊き返した。愛は、うなずく。生簀の中を指差し、

「この二匹、売れ残ってるでしょう？　二匹で８００円でどう？」と言った。いままで、タコは一匹５００円で買っている。それを二匹で８００円という愛の交渉……。

それにしても……。わたしは、愛の耳もとで、

「なんで二匹も買うのよ」とささやいた。すると、

「センコウトウシ」と愛。〈センコウトウシ？〉それって？　わたしは、つぶやいた。

しばらく考え、やっと〈先行投資〉という単語が頭に浮かんだ。

「先行投資って、どうして」と愛の耳もとでささやいた。「だって、今日はどのぐらいのお客が来るか、わからないじゃない？　すごくたくさん来るかも」と愛。確かに、

今日は日曜日。それは言える。

「ね、二匹で８００円でどう？」と愛が、一郎に言った。やがて、彼は苦笑い。「わかったよ」と言った。

一郎は、愛の頭をポンと叩《たた》く。生簀から、タコを二匹つかみ出した。やはり、彼は愛に甘いような気がする。なぜか……。

「大変だ……」と愛が言った。

午前10時半だった。わたしと愛は、明け方の魚市場から戻ってきて、2時間ほど仮眠した。

目覚め、半分寝ぼけたまま店におりる。愛が、ドアを開けちらりと外を見た。そして、あわててドアを閉め、〈大変だ……〉と言ったのだ。わたしと愛は、またそっとドアを開けてみた。とたん、わたしは、

「ひぇ……」と小声で叫んだ。店の外には、見た事もないほどの人がいた。若い女性ばかりだ。二〇人、いやそれ以上いるかも……。いま、店のドアには〈CLOSED《クローズド》〉のプレートが出ている。なので、外の人たちは、おとなしく待っている。

「やっぱ、慎のファンかな……」とわたし。「間違いないよ」と愛。

「どうしよう……」

「どうって、開店するしかないじゃない。イカもタコも買ってあるんだし」と愛が言った。

「そ、そうだね……。したくしなくちゃ……」わたしは、あせったままつぶやいた。

「何時に開店できる？」愛が訊《き》いた。

わたしは、考える。まず、タコを揉《も》んで表面の生臭《なまぐさ》いヌメリをとる、それが一番大事で、しかも時間がかかる。あと、ヤリイカを湯がく。ニンニクや赤唐辛子を刻む……。

「いくら早くても、開店は11時半かな……」

10分後。わたしは、タコを揉んでいた。ポリバケツに入れたタコに粗塩をふる。指に全力を込めて揉み、表面の生臭いヌメリをとる。愛は、ニンニクや赤唐辛子を刻んでいる。

それも、11時過ぎにはすんだ。愛が、紙を取り出した。一枚には〈11時半開店予定〉、

もう一枚には〈本日のランチはシーフード・パスタ、１３５０円〉と書いた。

「１３５０円？」とわたし。「いいから、いいから」と愛。その紙を持って店の外へ貼り出しに行った。

「3番テーブル、パスタを2、食後にコーヒーを2！」と愛が言った。開店して5分。すでに、満席だ。

「3番テーブルって、どこよ」わたしは小声で、オーダーをとってきた愛の耳元で訊いた。

「一番奥よ。番号つけないと、わからなくなっちゃうでしょう」と愛。

うちには、テーブル席が3つある。けれど、いままで番号などなかった。お客がこんなに入った事がないからだ。しかも、ほとんどが常連客だったから……。

「そっか……」わたしは、つぶやいた。確かに愛の言った通りだ。「ほら、ウミカがんばってよ」と愛。わたしは、はっとして手を動かしはじめた。

「外はどう？」わたしは愛に訊いた。愛は、ドアの外をのぞく。

「待ってる人、また増えてる」と言った。

開店して40分が過ぎたところだった。最初に入ったお客たちには、いちおうパスタを出し終わった。みな、ゆっくりと食べている。

けど、店内は意外に静かだった。お客は、全部若い女性。日曜なので、高校生らしい子たちもいる。

　二人連れが多いけれど、一人のお客もいる。みな、地味でおとなしい感じだった。ワイワイとしゃべったりしていない。小声で話したり、スマートフォンをいじったりしている。

愛が指摘したように、〈言ってみれば、孤独で寂しい感じの慎〉……。そのファンだけに、こういう感じなのだろう……。

慎が来たこの店に来てみたい……もし万が一、慎に遭遇できたら……。そんな思いなのだろうか……。まあ、ワイワイと騒がれるよりはずっとましだけれど……。

「タコが、やばい……」わたしは、つぶやいた。開店して2時間が過ぎたときだった。

15　生きていれば16歳

「やばい？　タコが？」愛が訊き返した。「足りなくなる……」わたしは小声で愛に言った。

二匹買ってきたタコ、その一匹しかまだ使っていない。二匹とも塩揉みするのが、開店に間に合わなかったのだ。けど、一匹目のタコはもう残り少なくなってきた。しかも、店の外にいるお客たちは増える一方だ。

「塩揉みして！」わたしは、愛に言った。ポリバケツにもう一匹のタコを入れて、粗塩をふりかけた。愛が、しゃがんでタコを揉みはじめた。わたしは、パスタを作り続ける……。

「どう？」わたしは、愛に声をかけた。カウンターの中。愛は、しゃがみ込み必死な表情でタコを揉んでいる。「もう少し……」と言った。その声が、苦しそうだ。顔が、真っ赤になっている。愛の手は、まだ小さくて華奢《きゃしゃ》だ。あまり力はなさそう……。それでも必死にタコを揉んでいる。表面の生臭いヌメリをとる必要があるのは、わかっているらしい。


「お……終わった……」と愛がつぶやいた。

「よくやった！」わたしは言った。愛が揉み終わったタコをポリバケツから取り出す。沸騰《ふっとう》した鍋《なべ》に入れた。愛は、床にへたり込んでいる。呼吸が荒く、顔は汗びっしょりだ。わたしは、急いで葛城に電話をかけた。

「すぐ来て！」

「どうした、まだ3時だよ」

「とにかく、来て！　事情は後で話すから！」

「わかった」と葛城。電話を切った。愛は、タコ揉みで完全にばててしまった。今日は、もう働けないかもしれない。そこで葛城に援軍を頼んだのだ。

「……これは……」と葛城。店に入ってくるなりつぶやいた。もちろん、店内は若い女性客で満席。「いいから、これ奥のテーブルに！」わたしは、出来上がったパスタの二皿をカウンターに置いた。葛城がうなずいて、お皿を運んでいく……。

「死にそう……」とわたし。

「死んだ……」と愛。

二人ともカウンターに突っ伏した。夕方の5時半。最後の女性客が帰っていったところだ。戦争のような半日が終わった。5時に、タコやイカはすべてなくなった。店の外には、まだ一〇人ほどのお客がいたけど、わたしは、

「今日はもう閉店です。ごめんなさい」と言って頭を下げた。お客たちは、おとなしく帰っていった。

6時過ぎ。一郎がやってきた。わたしは、

「自分で好きなもの勝手に飲んで」と言った。葛城とわたしは、シンクに山盛りになった洗い物をはじめていた。

「なんか、凄《すご》い事になってたな。店の前、とんでもない人だかりだったじゃないか」

と一郎。冷蔵庫からビールを取り出した。そのとき、わたしのお腹がぐるっと鳴った。ふいに、空腹を感じていた。考えてみたら、わたしも愛も昼ご飯を食べていない。

「あんた、お腹すいてないの？」とへたり込んでいる愛に訊くと、「すいてる……」

と消え入りそうな声で言った。たぶん、疲れと空腹でまともな声が出ないのだ。

5分後。わたしは、パスタを作りはじめた。タコもイカも、もうない。缶詰の湯むきトマトだけは、少し残っていた。ペペロンチーノにトマトを加えたものをわたしは作りはじめた。

10分ほどで出来た。わたしは、「はい、ゆっくり食べるのよ」と言って、愛のお皿をテーブルに置いた。

カチャン！という音がした。わたしは、そっちを見た。テーブル席でパスタを食べはじめた愛。その手から、フォークが床に落ちたのだ。

「力が入らないの？」訊《き》くと愛はうなずいた。しょんぼりした顔をしている。

夢中で、タコを揉《も》んだ、そのせいで握力がほとんど無くなっているんだろう……。

わたしは、ビールを飲んでいる一郎に新しいフォークを渡し、「食べさせてあげて」と言った。愛がタコ揉みした事情をさらりと話した。

「わかった」と一郎は笑顔を見せた。テーブル席で愛と向かい合う。パスタをフォークにからめて食べさせはじめた。愛も素直に食べさせてもらっている。

〈ん？……〉わたしは、胸の中でつぶやいた。テーブル席をじっと見た。

一郎が、愛にパスタを食べさせている。愛は無邪気な表情で、食べている。けれど、一郎の表情がなんか変だ。最初は、明るい表情でパスタを食べさせていた。それが、途中から変わっていた。何か、思いつめたような硬い表情……。愛は気づいていないようだけれど……。

やがて、パスタを食べ終わった。愛は、口の回りにトマトソースをいっぱいつけたまま、「ありがとう」と言った。一郎は、軽くうなずいた。そして、

「……ちょっと風にあたってくる」と言った。店を出ていった。わたしは、愛の口のまわりにべったりとついているトマトソースを、ティッシュで拭《ふ》いてあげる。そして、自分も店を出た。

歩いて20秒。森戸の砂浜に一郎は佇《たたず》んでいた。

彼は、海を眺めて立っていた。空には、月が出ている。満月に近い月。その光が海に照り返し、海面は銀色に輝いていた。

沖には、夜間航行しているヨットの航海灯がゆっくりと動いていた。海風が涼しい……。

「……どうかした？」わたしは訊いた。一郎は、無言。海を見ている。さざ波が、7、8回ほど砂浜を洗った。やがて、ぽつりと口を開いた。

「誰かから聞いたかもしれないけど、妹がいたんだ……」わたしは、思い出していた。いつか、店に来ていた一郎の仲間が口にした、〈妹の事もあるし……〉のひとこと。

「いくつ違いの妹さん？」

「……6歳違い」

「ってことは、高校生ぐらい？」とわたし。

「生きていれば、いま16歳……」彼が低い声で言った。〈生きていれば……〉やはり……。過去形で話していたその意味が、はっきりとわかった。わたしは、しばらく無言。また、さざ波が5回ほど砂浜に寄せて返した。

「いつ亡くなったの、もし良ければ……」

一郎は、10秒ほど無言……。

「まあ、どうせ誰かが話すだろうから……。あいつが死んだのは、3年前……」

「じゃ、そのとき彼女は13歳で、あなたは19歳……」とわたし。小さくうなずく一郎に、「……妹さん、いまの愛と同じ中学生ね……」と言った。

「ああ、そうだな……中一だった」つぶやくように彼が言った。

ヨットの航海灯は、もう視界から消えていた。彼方《かなた》で、江の島の灯台がまたたいている。

「ほら、漁師の家って忙しいだろう。うちの両親も爺《じい》さんも忙しかったから、妹の面倒は、ほとんどおれがみてたんだ」と一郎。あきらかに、明るさを装った口調で言った。

「保育園行ってた頃までは、よくオネショしたんで、おれが片付けをしたり、なぐさめたり……」と一郎。かすかに苦笑い……。

「そんなあいつも、小学生になると、だんだんお転婆《てんば》になってきて……中学生になるとソフトボール部に入ったよ」と彼。

「中学？……葉山の？」

「いや。あいつ、漁師の娘だって事で、小学生のとき男の子にいじめられて……。だから、鎌倉にある私立の中学に入れたんだ」わたしは、うなずいた。そこは、中学・高校とつながっている女子校だ。

「……ところが、あいつ、中一の夏休み、ソフトボールの練習で右の手首を軽く捻挫《ねんざ》しちゃって……」と彼。「そのときは、ちょっとの間おれが飯を食わせてやってたんだ」彼は言った。わたしは、うなずいた。

「……さっき愛にパスタを食べさせてあげてたとき、その事を思い出した？」と訊いていた。彼は、またしばらく無言……。海風がサラリと吹き、一郎のシャツを揺らせた。

「まあ、それもあるし、なんか似てるんだ……あの子」ぽつりと言った。

「愛が……亡くなった妹さんに似てる？」

「ああ……。丸顔で、目が大きいところがなんとなく……」

と一郎。つぶやくように言った。その言葉が、かすかに揺れていた……。

わたしは、彼の横顔を見た。ふと気づけば、その頬に涙がつたっていた……。月明かりがひと筋の涙を照らしていた。

日頃は精悍《せいかん》な表情の一郎の頬につたう涙……。わたしは、何も言えなかった。それ以上、何も訊けなかった……。可愛がっていた一人だけの妹を失《な》くした。その悲しみは想像もできない……。

わたしは、無言で海を見つめた。5月とはいえ、夜の海風はひんやりと涼しい。はるか彼方、江の島の灯台が10秒に一回またたいている。

10分後。

一郎は、そのまま帰っていった。わたしは、店に向かってゆっくりと歩きはじめた。

一郎が愛に優しい、宿題を手伝ってあげるほど……。

その理由は、かなりわかった。けれど、かかえ込むには切な過ぎる思いを胸に、わたしはうつむいて砂浜を歩く……。

やがて、店のドアを開けた。葛城は、キッチンで洗い物をしている。愛は、テーブルでスマートフォンをいじっている。パスタを食べて、だいぶ元気が出てきたようだ。

「また、大変な事になってる……」と愛がつぶやいた。わたしも、画面を覗《のぞ》いた。

インスタグラムだ。慎のファンによる〈#内海慎〉の書き込みが、沢山ある。それを見たわたしも、

「あちゃ……」とつぶやいた。アップされている写真は、うちの店と、パスタだ。店全体も店内の画像もどんどん出てくる……。

「でも、やっぱり不思議……。どうしてこの店だってわかったんだろう……」と愛。また、慎のブログ『うつむきダイアリー』を開いている……。

その5分後だった。愛が口を半開き。「あっ！」と声を上げた。

16 タコな体

「どうしたの!?」とわたし。愛が手にしているスマートフォンを見た。

「これ……」と愛。指で画面を拡大している。慎が撮った魚の写真。まな板にのっているアジの画像だ。それをぐっと拡大している。その画像を見たわたしも、「あ……」とつぶやいた。

魚がのっているまな板。そのすみに、〈ツボ屋〉という文字……。

この樫《かし》の木のまな板は、お爺ちゃんが特注で作ったものだ。名人といわれる金沢《かなざわ》の職人に依頼して、作らせたものだ。それなので、まな板の隅には、〈ツボ屋〉という小さな焼き印が押されている。

たまたま慎が撮った魚の画像の端に、その〈ツボ屋〉の文字が入ってしまっている。画像を思い切り拡大すると、それが読めてしまうのだ。

「これか……」と葛城も画面を見てつぶやいた。慎のブログを見たファンが、これを見てうちの店とわかり、土曜日にやってきた。そして、さらにインスタグラムで拡散した……。そういう事らしい。お客が殺到した、その謎はとけた。

「インスタ、またまたすごいわね……」わたしも自分のスマートフォンを見てつぶやいた。

インスタグラムで、〈#内海慎〉の書き込みは、さらに増えている。ほとんどがうちの店の画像とパスタの画像だ。店の前に列を作っているファンたちの画像もある……。わたしは、ふっとため息をついた。

そのときだった。慎からのラインが着信。

〈なんか、おれのミスですごい迷惑かけてるらしいね。さっき、事務所のスタッフがネットを見て気づいたんだ、大騒ぎになってるって……〉と慎。

〈あまり気にしなくても……〉とわたしはラインに打ち込みかけた。そのときだった。そばで画面を覗き込んでいた愛が、「ダメダメ」と言った。わたしの手からスマートフォンを奪いとる。

〈ぜーんぜん大丈夫。うちは、お客が山ほどきて助かったわ！　感謝！〉と素早く打つ。あっという間に送信してしまった。父親がＩＴ関係の仕事をしているせいか、愛はスマートフォンの扱いが素早い。

「え?」とわたし。見れば、ラインには、もう慎の〈既読〉の文字……。

「ウミカ、これはチャンスなんだから、頑張らなくちゃダメだよ」と愛。メモ紙をわたしの前に突き出した。何か、金額らしいものが走り書きしてある。

〈7万6千400円〉……。わたしにも、わかった。それは、きょう一日の売り上げだ。

「日曜のたびにこれだけの売り上げになったら、すごくない?」と愛。

「それはそうだけど、彼の人気を利用するみたいでなんか……」わたしは、つぶやいた。すると、「甘い！　そんなんじゃ、経営は成り立たないよ」と愛。そこで、

「まあまあ……」と葛城が割って入った。

「それは、彼の人気を利用するというのじゃなく、いわば〈ヒョウタンから駒〉と思うのはどうかな?」と言った。オジサンなので、フレーズは古くさい。けど、意味はわかった。

葛城にとっては、この店の売り上げがすごく大切な事もわかる……。そうこうしているうちに、

〈え、そうなんだ。もし本当に迷惑をかけてなければいいんだけど……〉と慎からライン。すると、

〈ホントに本当よ！　今度はいつ葉山に来るの？〉と愛が返信した。それは、すぐ〈既読〉になる。そして、

〈あと10日ぐらいは東京のスタジオで撮影かな……。そのあと、また葉山ロケに行くよ〉と慎。

〈待ってる。会えるの楽しみにしてるわ！　海果〉と愛が勝手に返信してしまった。しかも、最後にピンクのハートまでつけて……。

「やめてよ！」わたしは叫ぶと、愛からスマートフォンを取り戻した。頬が赤くなっているのがわかる……。

「洗濯機？」と一郎が訊《き》き返した。

月曜。午後3時だ。きょうの昼間も、お客はきた。若い女性客が四組、八人。明らかに、慎のファンらしかった。その人数だと、わたし一人でもなんとか対応できた。その後、ちょうどコーヒーを飲みにきた一郎に、わたしは訊いた。〈古い洗濯機ないかな……〉と。それは、タコを揉《も》むためだ。

　葉山の漁師や食堂をやっている人たちはよく、タコを揉みヌメリをとるために、古い洗濯機をそれ専用に使う。タコと粗塩を洗濯機に放り込みガラガラと回すと、手間

をかけずにヌメリがとれるのだ。これから先を考えると、それが欲しい……。

「古い洗濯機……どこかにあったなあ……」と一郎。しばらく考える……。やがて、

「あ……漁師のトクさんだ」とつぶやいた。トクさんという漁師は、タコ獲《と》りが得意だったという。けれど、もう高齢になり漁をやめてしまったらしい。

「もしかしたら、トクさんの所にまだ古い洗濯機があるかもしれない。聞いてやるよ」と言った。

その翌日。午後。一郎は、さっそくやって来た。魚市場の軽トラに洗濯機を載せてやって来た。やはり、漁師のトクさんがこれを持っていて、タダでくれたという。かなり古い物だけど、乾燥機までついている。

店のわきにある細長いスペースにその洗濯機を置いた。時々ここで洗い物をやるので水道の蛇口はある。家から電源を引いてスイッチを入れた。洗濯機は、ガラガラと回りはじめた。なんとかなりそうだ。

「助かったわ。ありがとう」と言うと、「別に。お安い御用」と一郎。相変わらず、さっぱりとした口調で言った。恩着せがましさなど微塵《みじん》も感じさせずに……。

愛が、「アサリをとりに行こうよ」と言い出したのは、金曜の昼頃だった。この日、学校は中間テストの休みだという。

「アサリ？」わたしは、訊き返した。「いまのシーフード・パスタにアサリを入れれば、もっと高いメニューになるよ」と愛。「砂浜でアサリをとれば、タダだしさ」と言った。確かに、近くの砂浜でアサリとりをした経験はある。でも、あまり取れなかった記憶も……。

「でも、やってみなくちゃわからないよ」と愛。もう家にあった金属の熊手を持っている。わたしは、渋々うなずいた。

「ねえ、もうやめにしない」と、わたしは言った。

アサリとりをはじめて1時間半が過ぎていた。けれど、とれたのは三個だけだ。しかも、ひどく暑い。5月だというのに、真夏のような陽射しが砂浜に照りつけている。わたしの額には、汗が流れていた。

「パスタに入れるほどとれないよ」とわたし。「もう少し頑張ろうよ」と愛。熊手で砂をかきながら言った。その顔も汗でびっしょりと濡《ぬ》れ赤く上気している。

「無理だって」とわたし。

「もう少し頑張る。だって、アサリを入れたら、パスタ一皿で１４００円とれるかも」と愛。

「……そんなに荒稼ぎしなくてもいいじゃない」と言うと、「やだ！」と愛。そこで、わたしは切れた。あの慎へのラインの件も、頭のすみにあったのだ。

「じゃ、勝手にしたら」わたしは言い立ち上がった。愛も立ち上がり、「お店の売り上げ、大切じゃないの？」と口をとがらせて言った。

「あんたみたいなガキに、そんなお説教されたくないわ！」わたしは、ついに言った。愛に背中を向ける。早足で砂浜を歩いていく……。

一人で家に帰る。汗びっしょりなので、さっとシャワーを浴びて着替えた。少し昼寝をする事にした。ベッドで寝ていると、途中で、愛が帰ってきたらしい物音がかすかに聞こえたけれど……。

「あんた……なんか臭うわよ」わたしは言った。1時間ほどの昼寝から覚め、一階におりていった。そして、愛とすれ違ったときだった。「臭う……」と愛。わたしはうなずく。愛に近づいた。

「なんか、臭《くさ》いわよ」と言った。彼女は、Tシャツ、ショートパンツという姿だった。その全身から、なんとも言えない臭いが漂っている。汗の臭いではないようだ。

「やっぱりそう？」と愛がつぶやいた。そして、「洗濯したんだけど……」と言った。

「洗濯?」

「うん、汗びっしょりだから、下着を洗濯機で洗ったんだ」

「……それって、どの洗濯機で?」訊くと、「家の外にある洗濯機」と愛。わたしは、口を半開き……。

「あれで洗濯したの⁉」口を半開きにしたまま、訊いた。愛は、小さくうなずいた。

「あちゃ……」とわたし。それは、言うまでもなくタコのヌメリをとるための洗濯機だ。

一郎があれを持ってきてくれてから4日。一昨日《おととい》も昨日も、わたしはあの洗濯機にタコと粗塩を入れヌメリをとった。当然、洗濯槽《せんたくそう》には生臭いヌメリがたっぷりとついているはずだ。

けど、わたしが洗濯機でタコを揉んだのは昼間。学校に行っていた愛は、それを知らなかっただろう……。それで……。

「ちょっと、こっちきて」わたしは、愛をお風呂《ふろ》場の脱衣所に連れていく。あの洗濯機の事を説明しながら……。

「タコ用の洗濯機……」と愛。絶句している様子。脱衣所にいくと、

「とにかく脱いで」わたしは言った。愛は、Tシャツとショートパンツを脱いだ。その下には、まだバストがほとんどないので、タンクトップのような形の下着を着てい

る。穿《は》いているショーツも股上が深く子供っぽい。

タンクトップもショーツも少し生乾きのようだ。そして、何よりも、ひどく生臭い……。

「その下着も、脱いで」とわたし。愛は、後ろ向きで、もそもそと下着を脱いで裸になった。

わたしは、彼女が脱いだその下着を手に取る。嗅《か》ぐまでもなく、生臭い……。

「体にも、臭いついちゃってる？」と愛。

わたしは、愛の背中に顔を近づけた。肩甲骨《けんこうこつ》の浮き出たほっそりとした背中。やはり、生臭い……。背中の下の方、ショーツに包まれていた腰のあたりにも顔を近づける。やはり臭う……。

「全身、タコ臭いよ」わたしは言った。愛は、しばらく無言でいた。やがて、グスッという音。後ろ向きのまま、全身を震わせ泣きはじめた。泣きながら、

「やだよ……体中がタコ臭いなんて……」とか細い声で言った。両手で顔をおおい、首を左右に振っている……。わたしは、かなり可哀想になってきた。同時に、自分にとってのある苦い体験も心によみがえる……。

「とにかく、体を洗いなよ。服は洗濯しといてあげるから」と言った。愛の小さいヒップをポンと叩《たた》いた。彼女は、お風呂場に入っていった。

その3分後。わたしは、愛が脱いだ服を洗おうとしていた。家の中にある本来の洗濯機で洗ってやろうとしていた。そのとき、ふと手が止まった……。

愛が身につけていた下着、それがあまりにくたびれていたからだ。

タンクトップは、ところどころほつれている。綿のショーツもひどかった。お尻《しり》の方は、かなり薄くなっている。洗濯機でもう少し洗ったら破れてしまいそうなほど……。

胸がつまった……。あの子が置かれている状況。それが、実感として心を揺さぶっていた……。

5分後。わたしは、洗面所にいた。愛の下着を手もみ洗いしていた。ゆっくりと、ゆっくりと……。森戸海岸に波が打ち寄せる、ゆったりとした音が聞こえていた。そのリズムに合わせるように、わたしは手もみ洗いを続けていく……。

「さっきは、ごめん……」つぶやくように愛が言った。

夕方の5時。わたしたちは、パスタを食べはじめていた。ヤリイカと、さっきとってきたアサリを入れたシーフードのパスタだ。アサリといっても、とれたのは三個だけだけれど……。

「わたし、売り上げにこだわり過ぎたかなぁ……」と愛。フォークを使いながら、しょんぼりとした声で言った。わたしは、ちょっと苦笑い。

「まあ、いいよ。日曜の売り上げで、あんたの下着を買いにいこう」と言った。自分のお皿に入っている一個だけのアサリを、愛のお皿に入れてあげた。

窓から、夕方の淡い陽が入ってくる。愛の前髪と、動かしているフォークにその陽射しが光っていた。店のミニ・コンポから、C《キャロル》・キングが歌う〈You've Got A Friend《ユーヴ・ゴット・ア・フレンド》〉が静かに流れていた。

〈あんたには友達が出来たんだから〉とキャロルが静かに歌っている。

17　お前、けっこういいやつだな

「1番テーブル、シーフード・パスタを2、コーヒーと紅茶！」と愛の声。

土曜の午後1時。今日も、店は満席だった。慎のファンらしい若い女性たちで一杯だった。

けれど、今日は予想ずみなので、あわてていない。タコのヌメリとりなど、シーフード・パスタの準備はしてある。

しかも、一郎に手伝いを頼んである。朝、魚市場に行ったときに頼んであったのだ。

「若い女の子がいっぱいくるよ」と愛が一郎に言った。彼は苦笑い。

「わかった、わかった。まあ、午後は暇だから手伝ってやる」と言ってくれた。一郎はもちろんタコやイカをさばくのが上手なので助かる。

そうして、わたしたちは、忙しく働いていた。

それは、2時過ぎだった。5席あるカウンター席、その真ん中にいるお客が、カウンターの中にいるわたしを見た。

「あの……慎が座ったのって、どの席ですか?」と訊《き》いた。女子大生風の二人連れ。その一人だった。店内にいる全員が、わたしを見た。あたりが静まりかえった。軽くため息……。慎がうちの店にきた事は、もう、ばれている。とぼけるのも、かえって変な噂を呼ぶかもしれない。わたしは、カウンターの一番端の席をちょんと指先でさし、

「そこよ」と言った。店内が、ざわめく。その席にいた女の子は、驚いた表情……。食べていたパスタから、顔を上げた。口から食べかけのパスタがぶら下がっている……。

彼女は、高校一年ぐらいだろう……。いま店にいるお客の中でも一番若い。連れはいなくて、一人できていた。彼女は、しばらく、かたまっていた。顔が真っ赤……。店中の視線が自分に集まっていたからだ……。

やがて、その子は食べかけたパスタをやっと呑《の》み込む。そして、バッグからもそもそとスマートフォンを取り出した。手をのばし自撮りしようとした。

「撮ってあげる」わたしはカウンターの中から言った。手をのばし彼女のスマートフ

ォンを持った。彼女はパスタのお皿を前に、かなりこわばった笑顔をつくる。わたしはそんな彼女に向けて、シャッターを二回切った。

「……ありがとう……」頬を紅《あか》く染め、蚊《か》の鳴くような小さい声でその子は言った。

「あの子、ガチガチだったけど、ひどく嬉《うれ》しそうだったな……」と一郎が言った。そして、「一生の思い出になったかな……」とつぶやいた。

午後の4時半。店のにぎわいが一段落。お客がとぎれたときだった。愛も、てきぱきと店の片づけをしている。

「そっか……ここに慎が座ったんだ……」と言いながら、愛があの子がパスタを食べていたカウンターの端を拭《ふ》いていた。

「……たぶん、そこ……」とわたしは言った。

「たぶん？」と愛。わたしは、うなずいた。慎が座ったのが、その一番端の席だったか、その隣りだったか、ボケナスのわたしは正確には覚えていない。たぶんとしか言えない……。

「でも、あの子を喜ばせてあげたかったから……。まあ、いいじゃない」わたしは、つぶやいた。

そして、簡単に説明する。

高一ぐらいに見えたあの子は、一人でやってきた。猫のイラストがついたTシャツや持っている綿のトートバッグも、どこかガキっぽく野暮ったかった。そのせいか、とにかくおどおどとしていた。外食にも慣れていない様子だった。

勇気をふり絞って、この店へやってきた感じだった。パスタをオーダーする声も消え入りそうだった。

それは、考えてみれば、過去のわたしでもあった……。

〈自分はこうだ〉と誇れる何かなどなく、自信のかけらもなく、あるのはモヤモヤとした不安やとまどいばかりの内向的な子……。それは、中高校生だった頃のわたしだった。

「……だから、あの人を喜ばせてあげたの？」と愛が訊いた。わたしは、ゆっくりとうなずいた。うつむいて、使ったフライパンを洗いはじめた。

ふと気づけば、一郎がわたしを見ている。微笑して、「お前、けっこういいやつだな……」と言った。

「お前、けっこういいやつだな、か……」と愛が意味ありげにつぶやいた。一郎が帰っていった5分後だ。

「それが、どうかした？」とわたし。「そのセリフが出るって、たぶん友情が恋に変わる少し前の段階なんだよ」と愛。

「え？……どこの世界の話？」

「ラブコメ漫画」と愛が言った。わたしは苦笑し、

「あ、そう……」と、努めてさりげなくつぶやいた。

それと同時にうなずいていた。このところ、愛が使える小遣いは少し増えた。まず、毎朝のように魚市場に行くと、時給６００円を払っている。さらに、慎のファンたちでかなり増えた売り上げから、約30％をバイト代としてあげている。

その小遣いを使って、愛はこのところ漫画を読んでいる。スマートフォンに配信されるラブコメ漫画を読んでいる。少なくとも、サラリーマン劇画よりは、この子の年齢《とし》にふさわしいだろう……。そんな事をふと思いながら、わたしはお皿を洗っていた。


「はい、お弁当」わたしは言った。黄色いバンダナで包んだ弁当を愛に渡した。

ちょっとした嵐のような土日が過ぎた月曜日。朝の7時40分だ。

今朝も5時頃に魚市場に行き、魚やイカを拾ってきた。帰ってきて、愛は1時間半の仮眠をしている。その間にわたしは学校に持っていく弁当を作ったのだ。

これには、理由がある。中学には給食がないので、生徒たちは弁当を持っていくか、

購買部で調理パンを買う。最近、給食のある中学校もあると聞いたことがある。けれど、うちの中学にはまだない。

愛は、毎日、調理パンを買っているという。焼きそばパンやサラダパンなどなど……。時どきならいいけれど、それが毎日では、栄養がかたよってしまうだろう。それでなくても痩《や》せているのに……。

愛と初めて出会ったときも、彼女はコンビニのサンドイッチを夕食にしていた……。わたしは、そんな事も思い出していた。そして、愛に弁当を持たせる事にしたのだ。

今朝、魚市場に行ったとき、わたしはお弁当の食材を探していた。

そして、大きなポリバケツに入っているイサキを見つけた。イサキは、初夏のいまが旬の白身魚だ。大きな群れを作るので、漁獲量も多い。

とても美味《おい》しい魚だけど、ひとつ問題がある。骨が硬い、小骨まで硬いのだ。意味はわからないけど、漁師や魚市場の人たちは〈鍛冶屋《かじや》殺し〉と呼んでいる。そんな骨の硬いイサキは、デパ地下やスーパーに並べづらいらしい。もし魚を食べ慣れない今どきの客が、骨をノドにひっかけたりしたら大変だからだ。

わたしは、近くにいる一郎に、

「イサキ、三匹ぐらい売ってくれる？」と言った。「晩飯用か？」と一郎。わたしは、愛に弁当を持たせる事を話しはじめた……。愛はいま、市場の隅にしゃがんでヤリイカを拾っている。

「あの子に弁当……」と一郎。しゃがんでイカを拾っている愛の後ろ姿を見ている。そして、しばらく考える……。氷水の中からイサキを四匹ほど出し、わたしが持っているポリバケツに入れた。

「いくら?」訊くと一郎は肩をすくめた。「いいよ。どうせ売れないんだ」と言った。


　わたしは、キッチンで弁当を作っていた。

　イサキは三枚におろし、ていねいに小骨までとる。そして、ほんの少しピンクがかった白身をミキサーにかけミンチにした。それに少し味つけし、コロッケにする。これは、お爺《じい》ちゃんがわたしのお弁当に入れてくれたものだ。

　素材が白身魚なので、冷めても魚臭くないコロッケ。良質なタンパクでもある。

　白身魚のコロッケを揚げている間に、ウインナー・ソーセージも茹《ゆ》でた。そして、洗うだけですむミニトマトとレタス。とりあえず、これを詰めればいいだろう。女子中学生のお弁当としては、まずまず……。

　7時40分。したくのできた愛に、出来上がった弁当を持たせた。愛は、それを両手で持ち無言で見つめている……。やがて、

「ありがとう」ぽつりと言った。そして、「お弁当持っていくのって、初めてだ……」と、少ししんみりした声でつぶやいた。

そうか……。保育園や小学校では給食があったはずだ。そして、小学五年の頃、お母さんが病気にかかって……。いまだにお弁当というものを持った事がない。わたしの鼻の奥がちょっとツンとした……。それでも、微笑してうなずく。

「学校、遅れるわよ」と言い、愛の肩を軽く叩《たた》いた。弁当を持ち歩いていく、その足取りが少し弾んでいるように見えたのは気のせいだろうか……。

午後3時半、学校から帰ってきた愛。そのお弁当箱には、ご飯の一粒も残っていなかった。

午後4時過ぎ。わたしが愛の弁当箱を洗っていると、店のドアが開いた。

「あの……」という声。女の子と、そのお母さんらしい人が入ってきた。女の子は、高校の制服を着ている。お母さんは、だぶっとしたジーンズ姿だ。

「あの……一昨日《おととい》の土曜日は娘がお世話になりまして……」

とお母さん。わたしは、その子を見た。一昨日の土曜日……土曜日……。そして、思い出した。その子は、店にきて、慎が座ったらしい席にかけた女子高生。あまりにおどおどとしていたので、わたしがスマートフォンで写真を撮ってあげた子だった。

「そのせつは、お世話になりまして」とお母さん。「この子も、すごく喜んでて……」と言った。そのお礼にきたらしい。

「ああ、別にたいした事じゃなくて……」とわたし。でも、お母さんは、

「これ、つまらない物ですけど」と何か差し出した。ビニール袋に入っているのは、どうやら野菜……。きけば、家が青果店なのだという。店名は〈角田《つのだ》〉。お店があるのは、葉山の一色《いっしき》。場所はすぐにわかった。うちからも歩いていける距離だ。

あの青果店の娘だったのか……。それで、何となくわかった。その子が、かなり陽灼《や》けしている事。着ていた服が、よく言えば質素、はっきり言えば野暮ったかった事。海岸町の子なのだ……。

わたしとお母さんが話している間も、その子はもじもじとしている。やっぱり相当に内気な性格らしい……。

やがて、その子とお母さんは深々と頭を下げて帰っていった。もらったビニール袋には、アスパラガスとバジルが、かなりたくさん入っている。

「バジル、パスタに使える！」と愛。確かに、トマト味のシーフード・パスタにバジルを散らせば、彩りも香りもいい。アスパラガスは、愛のお弁当にでも入れよう……。

え？　わたしは思わずつぶやく。足を止めた。

水曜。午前5時。わたしと愛は、魚市場に向かって歩いていた。すると、すぐ近くでバスが停まった。中型のバスだった。そこから人が降りてきた。それは、向井監督と慎だった。歩いているわたしたちを見かけてロケバスを停めたらしい。

「やあ……」と慎は微笑した。

「これから葉山ロケ？」わたしが訊《き》くとうなずき、「またしばらくね」と言った。慎は、隣りにいる愛を見た。「妹さん？」と訊いた。わたしはちょっと言葉につまり、

「まあ、親戚《しんせき》の子で……」と言った。愛本人は、かなり硬くなっている。

「食材の仕込み？」と監督。わたしたちが持っているポリバケツを見て訊いた。わたしは、うなずいた。

「魚市場で買い出しかな？」と監督。わたしは、また言葉につまり、「あの……買い出しじゃなくて、市場で魚を拾いに……」と小声で言った。

「拾いに？」と監督。わたしは、その説明をしようと思った。けれどそこで腕時計を見た。5時10分過ぎ。もたもたしている場合じゃない。「あの、遅くなると魚が拾えないんで……」と言った。そのとき、

「へえ、魚市場で魚を拾う……」と監督。「それ、付き合ってはまずいかな？」と訊

いてきた。

「……別に、まずくは……」わたしは、ぼそぼそと言った。監督は、うなずく。バスから首を出している撮影スタッフらしい人に、「ロケハンしといてくれ！」と言った。監督と慎は、わたしたちと一緒に魚市場に向かい歩きはじめた。

「タコ、いくよ！」と一郎。ネットに入ったタコを、仲買人に向かって投げた。タコが宙を飛んでいく……。魚市場には、活気があふれていた。今日は豊漁だったらしく、みな忙しそうだ。わたしたちを気にする人はいない。

わたしと愛は、市場の隅に行く。しめたと思った。相変わらず、脚の千切れたヤリイカはたくさん落ちている。それとウマヅラハギが、五、六匹落ちていた。

わたしと愛は、しゃがみ込む。イカや魚を拾い、ポリバケツに入れはじめた。そのとき、

「写真撮ってもいいかな？」という声。顔を上げる。慎が、カメラを手にしている。

18

一種のフードロス

「撮ってもいいけど、ブログにアップしないでよ」わたしは、苦笑しながら言った。

慎が、「もちろん」と答えた。

しゃがんで魚を拾っている姿は、恰好《かっこう》いいものじゃない。というより、みっともない……。けれど、そんな事を話している場合ではない。わたしたちはヤリイカやウマヅラハギを拾い、ポリバケツに放り込んでいく……。

「なるほど……」と監督。コーヒーに口をつけた。

30分後。うちの店だ。愛は、二階で仮眠をしている。わたしは、カウンターの中にいた。

監督と慎にコーヒーを出し、拾ってきた魚やイカの下処理をしていた。開け放した入口から、朝の海風が入ってくる。砂浜に寄せる波音も聞こえていた。

「知らなかったよ。ああして魚やイカが捨てられているなんて……」と監督。

「見栄えが良くないから……」微笑しながらわたしは言った。脚が少し千切れているヤリイカを、手に持って見せた。そして、簡単に説明する。このあたりで水揚げされた魚介類は、主に東京の洒落《しゃれ》たスーパーやデパ地下に並ぶ事を……。

「だから、こぎれいなものじゃないとダメみたい」とわたし。「これなんかも、美味《おい》しい魚なんだけど、都会の人にはなじみがないから捨てられたの」と言いウマヅラハギを手に取って見せた。

文字通り、ウマヅラをしたその魚は、あまり見栄えが良くない。調理法もわからないだろう……。

「フードロス……」

わたしは、監督が言ったその言葉をリピートしていた。

〈そうやって魚などを捨てるのは、一種のフードロスかもしれないね〉と監督……。

その言葉は聞いた事がある。たとえば、レストランなどで使われずに捨てられる食材。スーパーなどで売れ残って捨てられる総菜……。そんな映像は、テレビで見た事がある。

そして、地球のあちこちで今日も餓死する人々がいる悲しい映像もよく見る……。

「さっきの魚市場で捨てられてた魚も、一種のフードロスってやつだよね」と監督。

わたしは、うなずいた。

「それは感じてたわ。でも、それはそれとして……ちょっと別の気持ちもあって……」とわたし。

「というと？」

「見栄えがちょっと良くないからお前は必要ないって捨てられた魚やイカって、なんか可哀想に思えて……」と、わたしは言った。

「……可哀想に思って……」と慎がつぶやいた。監督も、わたしの顔を見ている……。けれど、わたしや愛にとって、捨てられた魚たちが、親に見捨てられた自分たちの姿にだぶる……その事はさすがに口にしなかった。恥ずかしくて口にできなかった……。

　監督も、そして慎も、無言で何か考えている。

「え？　この店で撮影を？」わたしは思わず訊き返していた。仮眠から起きてきた愛も聞いている。

「もしよかったらだけど、この店で撮影をできないかな」と監督。説明しはじめた。

いま撮っている映画は、湘南が舞台の切ないラブ・ストーリー。貸しボート屋の息子と、海辺のさびれた別荘にやってきた少女の恋だという。その二人が、デートでお昼を食べに行く場面を近々撮る予定だという。

「いまのところロケ現場の候補に上がってる店は」と監督。由比ヶ浜にあるシーフード・レストランの店名をあげた。

「へえ……」とわたし。そこは有名なレストランだ。海に面した白いギリシャ風の建物。わたしは、もちろん行った事がない。

「その店が、とりあえずの候補なんだけど、少し前から、どうも違う気がしててね……。あまり裕福ではない貸しボート屋の息子が行く店にしては、お洒落過ぎて不自然だと思いはじめてたんだ」と監督。

慎も、監督の横顔をじっと見ている……。

「そこで、さっき君が言った言葉がちょっと心に響いた。〈こぎれいなものじゃないとダメみたい〉のひとことがね……」監督は、コーヒーをひと口……。

「そう……湘南を舞台にした映画やドラマを撮ろうとすると、どうしてもその〈こぎれい〉に走ってしまう事が多い。でも、それは下手すると嘘っぽい映像になってしまう……」と監督。

「サーフィン、ヨット、洒落たカフェやレストラン……。それはもちろん湘南の一面だが、いわば華やかな部分の顔で、相模湾の海沿いにある町としての普段着の姿じゃない」と言った。

「それで、うちの店で？」とわたし。

「ああ……。君たちの周囲にある、飾り気のない生活感と空気感が欲しいと感じはじめているんだ。それが、映画にリアリティや奥の深さを与えてくれると思う」

監督が言い、慎がうなずいた。

向井監督が初めて慎を起用した映画は、シリアスな内容。家族の絆《きずな》の強さと脆《もろ》さを描いた作品だと聞いたのを、わたしは思い出していた。

そういう、社会派的なところもある監督なのだろう。

「でも……」わたしは、店内を見渡し、「ここじゃ、あまりに貧乏たらしくない？」と言った。

友人の奈津子に言わせると、うちは〈干物のようなボロ家〉だという。長年陽射しを浴び続けて、確かに〈みりん干し〉のような茶色になっている。それを言うと、監督は苦笑い。

「まあ、少しはいじる必要があるかな……。壁をもう少しだけ明るい色に塗った方がいいかもしれない。もちろん、うちの美術スタッフがやるけどね」と監督。

「もし、使わせてくれるなら、撮影現場として借りるその謝礼は、当然払うよ」と言った。そして、「店での撮影は、まだ2週間先の予定だからね、1日2日、考えてみてくれないか?」と微笑しながら言った。

「さっきは、ちょっとショックだった……」慎が、砂浜を歩きながらぽつりと言った。

監督は、まだ店の中。スマートフォンでスタッフと話している。〈レストランでの撮影予定は見直すかもしれない〉と……。

わたしは、愛にお弁当を持たせ学校に送り出した。そのまま、なんとなく慎と歩きはじめた。そばの森戸海岸をぶらぶらと歩く。

まだ8時なので、砂浜に人けはない。カモメが三、四羽、頭上に漂っている。波打ち際で、犬を散歩させている少年が一人。少しひんやりとした朝の海風が、砂浜を渡っていく……。

「ショックって、魚市場の事?」とわたし。慎は、うなずいた。

「ああ……なんか、ちょっと驚いた。あんな光景を初めて見たから……」

「それって、魚市場の人たち? 貧乏ったらしく魚を拾ってたわたしたち?」それには、慎は苦笑い……。

「うーん、両方かな……。なんか、一生懸命に生きてる人たちを初めて見たような……」

つぶやくように、慎は言った。そうか、14歳でスカウトされ、ずっと芸能界で仕事をしてきた彼にとっては、珍しい光景だったのかもしれない……。

「でも、映画やドラマを作るのも、大変だろうし、立派な仕事だと思うけど……」とわたし。慎は、しばらく無言。

「そうとも言えるけど……でも、なんか違う」

「なんか？」

「そう……。ああして、生活をかけて海から魚を獲《と》ってきたり、真剣に魚を扱ってるって、やっぱり凄《すご》いと思う。かなわないなあと思う……。あんまり上手《うま》く言えないけど……」

と慎。その口調が本気のようだった。わたしは、へえ……と思った。彼のような人気俳優の口から、そんな言葉が出たのがちょっと意外だった。同時に、慎の事を少し見直している自分に気づいていた。ただの売れっ子タレントではない……。水平線を見つめて何か考えている慎。その前髪を潮風がかすかに揺らしている……。

着信音。店に戻ろうと歩きはじめたところで、ポケットのスマートフォンに着信。愛からのラインだった。学校から送ったらしい。

〈ウミカ、うちで撮影する話、絶対に断っちゃダメだよ。壁を塗ってくれて謝礼もくれるっていうんだから〉……。わたしは、吹き出しそうになった。あの子らしい……。

「ボーイフレンドから？」と並んで歩いている慎が訊《き》いた。わたしは、首を横に振る。

「ボーイフレンドなんていないから……」と正直に言った。その3秒後、

「……よかった……」というつぶやきが、かすかに聞こえたような気がした。けれど、声が小さかったので、打ち寄せる波の音に半分以上かき消されていた。たぶん気のせいだ……。

「お弁当を、褒《ほ》められた？」わたしは訊き返していた。その日、学校から帰ってきた愛は、うなずく。「担任の先生に言われた、美味《うま》そうだなって……」と愛。その日の弁当は、ヤリイカをトマト煮にしたものだった。

「担任って誰？　わたし知ってるかな……」

「知ってるよ、保健体育の武田先生」と愛。わたしは思わず、「え、あの武田!?」と口に出していた。「武田が、あんたの担任なの？」

「そう……。武田先生、ウミカがわたしのお弁当作ってくれてるのも知ってるみたい」と愛。「へえ……」わたしは、つぶやいた。それは、もしかしたら一郎から聞いたのかもしれない。武田と一郎は親しいらしいから……。

「武田先生、そのうち、ここに飲みにくるって言ってた」と愛。「ふうん……」とわたし。

そのうちではなく、翌日、武田は飲みにきた。店に入ってくるなり、

「よお、浅野。元気そうだな」とわたしを苗字《みょうじ》で呼んだ。それは、わたしが中学生だった頃のままだ。武田は、陽灼《や》けした顔から白い歯を見せた。半袖《はんそで》のポロシャツにコットン・パンツというスタイルだった。

夜の7時過ぎ。客は一郎だけだ。どうやら、一緒に飲む約束ができていたらしい。

愛は、晩御飯をすませてお風呂《ふろ》に入っている。あの〈体中がタコ臭くなった事件〉以来、すごくまめにお風呂に入るようになった。

葛城は、信金で残業があるとかで、今夜はきていない。

「とりあえず、ビールくれるか？」と武田。わたしは、ビールとグラスを出した。武田はビールに口をつける。店のすみに置いてある愛の通学用ディパックをちらりと見て、

「愛の面倒をみてるらしいな」と言った。わたしは、うなずいた。

「店の手伝いさせてるのか？」と武田が訊いた。わたしは、ちょっと考えた。

「少しは、手伝ってもらってる。でも、内緒にしといてくれる？　かわりに、あの事も黙ってるから」と言った。

「……あの事？」と武田。わたしは微笑してうなずく。

「そう、先生がうちのお母さんにラブ・レターを出した事」と言った。

19　それは、先生からのプロポーズ

武田が、ビールを吹き出す!?

わたしは、身がまえた。けれど、吹き出しはしなかった。かわりに、ゴホゴホとむせている。そのとき、

「そうだったんだ!」という声。愛だった。Tシャツ姿。風呂上がりらしく濡《ぬ》れた髪にタオルを巻いていた。

「先生がウミカのお母さんにラブ・レター……」と愛。その目が輝いている。「あの、それは……」と武田。かなりあせった表情。

あれは、5年ほど前。わたしが中二のときだった。うちの中学では、1年ごとにクラス替えがあり、担任も変わる。わたしが中二になったとき、担任が武田になった。

その頃、わたしのお母さんは、三十代の半ば。武田も同じぐらいの年齢だった。保

護者面談とかでも、武田はやたら熱心にお母さんと話していた。

確かに、お母さんは生気があり健康的で、参観日などでも抜群に目立っていた。それは、わたしにとって少し誇らしかったものだけど……。

それが起きたのは、わたしが中二の秋だった。学校から帰ってくるとポストに封筒があった。お母さん宛ての手紙……。

差し出し人は〈武田祥一《しょういち》〉。住所は隣町の逗子。このあたりで武田という知り合いは、担任の彼しかいない。わたしは、お母さんに封筒を渡した。

「成績表が郵送されてきたとか？」とお母さん。微笑しながら、手紙を自分の部屋に持っていった。

その翌日、わたしが訊くと、「武田先生からのラブ・レターよ」お母さんは、さらりと言ってのけた。わたしは、「へ？」と間抜けな声を出していた。やがて、われにかえる。

「で……どんなラブ・レター？」と恐る恐る訊いた。お母さんは、オムライスを作りながら、「結婚を前提にお付き合いしませんかだって」と言った。ちょっと苦笑い……。

武田は、ギャグ漫画などに出てくる野暮ったい体育教師ではなかった。どちらかと言えばスマートだった。

東京の体育大を出ているという。〈スポーツ選手の栄養管理〉が専攻だったという話だ。卒業後、そっちの方向に進まず、なぜ中学の教師をしているのか、それは誰も知らない。

背が高く筋肉質。登校してくるときは、ジーンズにコットンのジャケットをはおっていたり、なかなかダンディーだ。先生の中では、ものわかりがいい方で、生徒にも人気があった。

まあ、そういう人だから、シングルマザーのお母さんにプロポーズしたんだろう……。

けど、ボケナスのわたしも、さすがに驚いた。教えている生徒の母親にプロポーズするとは、なんて大胆なやつ……。

まあ、それだけお母さんに魅力があったとも言えるのだけど……。

それから1週間ぐらいは、落ち着かなかった。

よく、そばの森戸海岸の砂浜に座って考え事をした。10月だったので、海の色は秋らしく濃いブルー。空には一面にウロコ雲が広がっていた。そんな空を見上げて、考えていた。

もちろん、わたしにお父さんはいない。父親が欲しくないかといえば、やはり欲しい。

でも、その父親になるのが担任の教師となると、思いは複雑だ。膝《ひざ》をかかえてそんな事を考えていると、ある事に気づいていた。

お母さんは、自分がウインド・サーフィンなどをやる活発なタイプなので、逆に芸術家タイプの男性が好きらしい。わたしの産みの父親も、何かものを書く人だと聞いた事がある。そう考えると、スポーツマンタイプの武田にあまりチャンスはないように思える……。

わたしの予想は当たった。

1週間後。わたしはお母さんに訊《き》いた。プロポーズの件は、どうなったのかと……。

すると、「お断りの返事をしたわ」とお母さん。わたしの担任という事もあり、

〈ご好意は嬉《うれ》しいし、武田先生は魅力ある方だと感じますが、いまは娘を育てるのと店の経営で手一杯なので、とても結婚する気持ちになれなくて〉

と、丁寧な返事を書いて送ったという。さすが大人だ……とわたしは感じたものだった。

その後、学校でわたしと顔を合わせても、武田に変わった様子はなかったけれど……。

「浅野……いや海果……あの事を知ってたのか……」と武田がわたしに言った。わたしはうなずき、「そりゃ、親子だもの」

「しかも、ウミカのお母さん、すごく美人だしね」と愛。カウンターの中にあるお母さんとわたしが写っている写真を手にとって見せた。

「……まあ、その……」と武田は口ごもる。学校にいるときのテキパキとした口調とは、だいぶ様子が違う。となりにいる一郎も、興味深そうにその写真を見ている。

「まあ、ウミカの手伝いをしてる事に目をつぶってくれれば、これは内緒にしておくけど……」と愛。お母さんの写真を手にして武田に言った。

武田は、軽く苦笑い。うなずきながら愛を見た。

「お前の家庭の事情は、ある程度知ってるよ。……まあ、この店の手伝いも一種の社会見学と言えるかな」と言った。そして、わたしを見た。

「愛は、勉強をちゃんとやってるし、中間テストの成績も良かった。その点も特に問題ないわけだが……」すると、

「一郎が、勉強を見てくれているから」と愛が言った。

「そうなのか……」と武田。隣りにいる一郎を見た。ビールのグラスを手にした一郎は、少し照れたような表情。

「まあ、気が向くとね……」と言った。けれど、実際には〈気が向くと〉という程度ではない。一日おきぐらいに、一郎は愛の勉強を見てやっている。

武田が、無言でゆっくりとうなずいた。ちょっと複雑な表情……。一郎と武田は、かなり親しい付き合いのようだ。一郎の妹が、いまの愛に近い年頃で天国にいった……。その事は、もちろん知っているのだろう。

いま、武田も一郎も無言でビールを口に運んでいる。

武田の胸の中では、プロポーズしたあの頃のお母さんの笑顔が輝いているのだろうか……。

そして、一郎の心には亡くなった妹との思い出が蘇《よみがえ》っているのだろうか……。

わたしは、ふとそんな事を思っていた。

無言でグラスを手にしている二人の横顔に、少年の面影が漂っていた。店のミニ・コンポからは、ビートルズの〈Michelle《ミッシェル》〉が低く流れている。

「クレソン？」わたしが訊き返すと、愛がうなずいた。

6月初めの土曜日。今日は、店の壁を塗る日だ。

店を映画の撮影に使う事は、すでに了承している。なので、今日、店に手を入れる事になったのだ。朝から、映画制作会社の美術スタッフがやってきた。いろいろな作業をはじめた。

わたしたちは、いても邪魔なようなので、〈臨時休業〉のはり紙をした。そのとき、

「クレソン、採《と》りにいこうよ」と愛が言った。「クレソン？」と訊き返すと、

「ほら、サラダの食材に……」と愛。わたしも、うなずいた。

相変わらず、慎のファンはやってくる。それが続いているうちに、少し風向きが変わってきたのが、ネット上で感じられる……。早い話、シーフードのパスタが評判になりはじめた気配だ……。

〈#内海慎〉とタグ付けされている、慎のファンたちのインスタグラム……。

〈この店に慎がきた〉〈もしかしたら、慎と遭遇できるかもしれない〉。以前は、それがアップされた書き込みの、ほとんどすべてだった。ところが、いつ頃からか、

〈ツボ屋のシーフード・パスタ、かなり美味《おい》しい。イカもタコもプリプリしてて……〉

そんな、書き込みがあり、400を超える〈いいね〉がついていた。400超え……。　さらに、その書き込みへの返信。

〈そうそう、やっぱ海のそばだから材料が新鮮だよね〉とか、

〈慎には会えなかったけど、あのパスタで、とりあえず満足〉というのもあった。そして、先週あたり、

「サラダ、ないんですか?」と三人の女性客から訊かれた。女子大生かOLらしいお客だった。それを愛に言うと、「そうだ！　女の客には、サラダだ！　客単価が上がるし……」と愛がうなずいた。そして、今日、クレソンを採りにいこうと言ったのだ。

「クレソン、どこにあるのよ」とわたし。

「その先」と愛。早足で歩いていく。葉山の海岸沿いから、山側へ……。森戸川沿いにどんどん上流へいく。細い道を10分以上歩いた。家並みがとぎれ、あたりは雑木林……。いわゆる小川という感じの森戸川がカーブする。そのカーブを曲がったところで、わたしは立ち止まり、

「へえ！」と思わず口にした。幅が5メートルたらずの小川に、かなりの量のクレソンが自生しているのが見えた。

「こりゃすごい……」とわたし。愛と一緒に、ビーチサンダルのまま小道から、1メートルほど下の小川におりた。水は冷たかったけど、澄んでいた。メダカのような小魚が見えた。初夏の明るい陽射しが川面《かわも》に照り返している。

わたしたちは、くるぶしまで水につかりクレソンを摘みはじめた……。「これは、タダだ……」とつぶやきながら。

「でも、なんであのクレソンを見つけたの？」わたしは愛に訊いた。かなりの量のクレソンを摘み、店に戻るところだった。

「……わたし、学校が終わっても行くところがなかったから、ぼんやり歩いてたら偶然に……」愛が言った。聞いているわたしの心に、ひんやりとした切なさが吹き抜ける。〈行くところがなかったから……〉のひと言《こと》が少し悲しかった。

「そっか……」と話しているうちに、店に近づいてきた。

「え？……これ、ホントに……」わたしは、声を上げていた。

店の外壁。あの奈津子から、〈干物のようだ〉と言われていた陽に灼《や》けた外壁が、落ち着いたベージュに塗られている。

わたしたちは、恐る恐る店に入った。色褪《いろあ》せた壁紙。それが新しいクロスに張り替えられていた。これも、落ち着いたベージュ。

外観も店内もかなり明るくなっているけど、改装したてとは見えない。もう何年も前からこんな感じだったろうと思わせる仕上げだった。さすが、プロの美術スタッフ……。

「あ、きれい……」わたしはつぶやいた。愛が、サラダを盛りつけたところだった。

ミントンのお皿に、クレソンを敷く。その上に、茹《ゆ》で卵。固茹でにした卵を、スイカを切るような形で4つに切る。クレソンの上に放射状に置いた。それで出来上がりらしい。

青い小花模様の皿。クレソンの鮮やかなグリーン。そして卵の黄色。ひどくシンプルなのに、見ただけで、美しい。こういうセンスがあまりないわたしは、ただ、

「へえ……」とつぶやいた。愛は、玉ねぎをみじん切りにして、できあいのドレッシングに混ぜた。それを、サラダにかける。

「本当なら、ドレッシングを最初から作った方がいいんだけど」と言い、お皿をテーブルに置いた。

わたしは、それを口に入れてみた。まず、クレソン独特の香りとほろ苦さ。そして茹で卵の味、玉ねぎのドレッシング……。うなってしまった。凝《こ》った感じがしないシンプルなサラダなのに、口の中を風が吹き抜けたようだった。

「これ、誰に教わったの？」と訊《き》いた。「お母さん」と愛が答えた。

20 クレソン・サラダは、ほろ苦い

「お母さん？」

「そう……。お母さんの実家、洋食屋だから」と愛が言った。「へえ……どこの洋食屋さん？」

「鎌倉の御成町《おなりまち》にある〈倫敦亭《ロンドン》〉っていう店」と愛。わたしは、少し驚いていた。それは、湘南では有名な老舗《しにせ》の洋食屋だ。愛のお母さんは、そこの次女だという。

「お母さんが元気だった頃は、よく一緒に食べにいったり、調理場で遊んだりしてた……」と愛。なるほど……。それを聞けばうなずける。愛が、イギリス製・ミントンの食器を知っていたり、アジフライに適したアジのサイズを知っていたり……。そういうことらしい……。

そして、お母さんがよく作っていたクレソン・サラダ……。

「そうだ、今度お見舞いに行くとき、このサラダを持っていこう」とつぶやいた。彼女は、いまも週に一回はお母さんのお見舞いに行っている。

「それは、喜んでくれるかも」とわたし。

それにしても、お母さんは悪性リンパ腫《しゅ》をわずらっているという。決していい状況ではないようだ。これから先、どうなるのだろう……。

わたしは、また、そのサラダを口にしてみた。気のせいか、クレソンのサラダは、ちょっとほろ苦い味がした……。

「イカもタコも食べられない？」わたしは、思わず訊き返していた。

うちの店で撮影をする日。その午前11時だ。撮影スタッフはもう準備を終えようとしていた。慎と、相手役の今井朝美も店内にいる。

わたしは、二人が食べるシーフード・パスタを用意しようとしていた。土曜日なので、愛も手伝ってくれている。

そこで、朝美の女性マネージャーがわたしに声をかけてきた。

「申し訳ないけど、朝美、イカとかタコとか食べられないんです」という。朝美はいま店の隅。ヘアメイクさんに髪をいじってもらっている。

「そうか……」わたしはつぶやいた。愛によると、朝美は12歳ぐらいでデビューしたという。それ以来、ずっとタレント生活……。

「じゃ、ペペロンチーノのパスタなら？」わたしは言った。「あ、ニンニクも全然ダメなんです」と朝美のマネージャー。ちょっとすまなそうな表情……。

わたしは困った……。そこで、「彼女が食べるの、クレソンを使ったサラダじゃダメですか？」と向井監督に訊いてみた。監督は、少し考え、「まあ、仕方ないな」と言った。

「じゃ、本番テイク1《ワン》、いきます！」とスタッフ。

慎と朝美は、テーブルで向かいあっている。慎の前にはシーフード・パスタ。朝美の前には、クレソンと卵のサラダが置かれている。二人が、小声で会話をするそのリハーサルは、もうすんでいるらしい。

「じゃ、カメラ回ります。4、3、2……」とスタッフ。カメラが回りはじめた。

「……やっぱりあの別荘だったんだ……」と慎が脚本のセリフを言い、パスタを口に運ぶ。朝美は、軽くうなずく。クレソンのサラダを口に運んだ。その3秒後、

「うっ、苦い……」と言い顔をしかめた。いまにも吐き出しそう……。あわてたスタッフの「カット！」の声。愛が、口を半開きにしてる。

「なんとかならないかな……」と監督。撮影は、中断している。

わたしは、考え込む。急いで冷蔵庫を開けてみた。アスパラガスがひと束《たば》あった。

これしかないか……。わたしは、あたふたとアスパラガスを切って茹ではじめる……。

やがて茹で上がったアスパラガスに、冷蔵庫にあった薄いハムを巻く。それを、フライパンで軽く焼いた。

20分ほどで、惣菜《そうざい》らしいものは出来た。これは、2日前、愛のお弁当に入れてあげたものだ。

それを、お皿に盛りつけた。スタッフがお皿を朝美の前に置いた。また、撮影が再開……。

「カット！」の声。3時間がかりでやっと撮影は終わった。

「ウミカのお人好し！」と愛。両手を腰に当て、「なんなの、あの人！　ニンニク丸ごと、口に突っ込んでやればよかったのに」と言った。そのときだった。

「気持ちは、わかるよ」という声。ふり向くと、慎が奥のトイレから出てきたところだった。

撮影スタッフたちは、慌しく現場の片付けをして店から出ていったところだ。そのガヤガヤで、慎がトイレに入ったのに気づかなかった。

「あそこまで偏食だとは知らなかったな……」と慎。もちろん、朝美の事だろう。

「あの人、ロケ中は何を食べてるの？」と愛。

「鶏《とり》のササミのサラダ。毎日、マネージャーが用意してるよ」と慎。ちょっと苦笑い。

「鶏のササミか……」とわたし。それはダイエット食でもあるんだろう……。それにしても「彼女、なんか可哀想……」とつぶやいた。慎がわたしを見た。

「同情するんだ……」と言った。

「うん……」わたしは、うなずいた。慎が、じっとわたしの横顔を見ている……。やがて、「とにかく、君に迷惑をかけたのは確かだなぁ……。近いうちに、何か奢《おご》らせてくれないか？」と言った。

翌日の日曜は、大変だった。

〈慎の映画、ツボ屋で撮影をした〉……。それが、インスタグラムにアップされたからだ。撮影中、店の外にいたファンの誰かがアップしたらしい。

店に入っていく慎や朝美の姿も撮られて、インスタにアップされていた。土曜日の夜。お風呂《ふろ》から上がった愛が、

「すごい……」と体にバスタオルを巻いたまま、スマートフォンの画面を見てつぶやいた。

夜の9時半で、インスタの投稿への〈いいね〉は700を超えている……。

翌日の日曜は、覚悟して店を開いた。昼間から葛城にも手伝ってもらう。午前11時から夕方5時まで、満席が続いた。

「慎たちが座った席は、どこですか？」と訊くお客には、愛が言う〈2番テーブル〉を教えてあげた。その夜、アップされた投稿。そのテーブルについている二人の女性客の画像。投稿のタイトルは、〈#内海慎　愛の2番テーブル〉……。

慎からラインがきたのは、水曜日だった。〈明日《あした》は、撮影が昼過ぎで終わる予定。その後に食事でも〉と……。〈了解よ〉とわたしは返信した。先週から、木曜は定休日にしてある。このところ、平日も慎のファンがやってくる。週に一日ぐらいは休まないとバテてしまうからだ。

その木曜。昼過ぎ。慎からのラインがきた。〈そろそろ撮影は終わるけど、どうしたら？〉とある。わたしは、店の裏口を教えた。

海岸通りから砂浜に向かう別の小道。そこから、人が通るのがやっとの細い路地に入ると、やがてうちの脇《わき》に来られるのだ。タコ用の洗濯機が置いてある店の脇に……。

そこには、家に入る裏口がある。

平日で〈定休日〉のプレートを出していても、慎のファンらしい人たちが、うちの前をうろついているから、表からくるのはまずいだろう。〈わかった、その裏口に行くよ〉と慎のライン。

「え？　これ？」と慎。そのショートパンツを手にしてつぶやいた。

1時間後。慎は、うちの裏口から入ってきた。店の前にいる数人のファンたちは気づいていない。わたしは、「変装用よ」と言ってTシャツなどを慎に渡した。

普段の慎は、ブランド物らしい黒かグレーの服。そしてサングラスだ。それでは、ぱっと見て本人だとバレてしまう。

そこで、わたしは近所の店で服を調達してきていた。まず、派手なパイナップル柄のショートパンツ。それは、いかにも海水浴客のためのものだ。

そして、葉山では有名な店〈げんべい〉のTシャツ。ブルーの地に、大きく〈波〉とプリントされている。さらに、足元は青いビーチサンダル……。「これを？」と慎。

わたしはうなずいた。

5分後。

「うん、完璧《かんぺき》」とわたしは言った。ど派手なショートパンツ、〈波〉のTシャツ、ビーサン、そしてサングラス。どう見ても、葉山まで海水浴にきた、ちょっと軽薄なお兄ちゃんだ。

「さあ、行こう」わたしは、少し渋っている慎の背中を押して、裏口から出ていく……。

「ね、バレないでしょう」わたしは言った。葉山の町を歩きはじめて5分。陽射しが明るい町には、もう気の早い東京からの海水浴客が歩いている。慎は、そんな風景に溶け込んでいる。誰も、振り返ったりしない。

「で、どこへ？」と慎。「食材の調達よ」とわたし。あの一色にある青果店に向かう……。

〈角田《つのだ》青果店〉。その店先には、あの内気な子とお母さんがいた。いま、中年女性の客がナスやキュウリを選んでいる。ジーンズ姿のあの子が、店の手伝いをしている。

その女性の買い物が終わる。

「ありがとうございます」とお母さん。そして、わたしに気づいた。

「あ……」と言った。あの子も、わたしを見た。「この前はバジルやアスパラガスありがとう。すごく美味《おい》しかったわ。で、また買いにきたの」とわたし。店先のアスパラガスを見た。

「このアスパラガス、良さそうよね」と慎に言った。慎は、身をのり出した。かけているサングラスをとった。

その5秒後……。慎を見たあの子が、息を呑《の》んだのがわかった。両手で口をおおう。

「うそ……」と言った。2歩ほど後退。野菜の入っている木箱につまずき、尻《しり》もちをついてしまった。

「ほら、立って」と慎。彼女に手を差し出した。彼女は口を半開きにし、

「え……本物？」とつぶやいた。

「たぶんね」と慎。彼女を立ち上がらせる。この子の事は、ここにくる途中で慎にサラリと話しておいたのだ。青果店の娘で、すごく内気なファンの子がいると……。立ち上がった彼女は、両手を口に当てたまま慎を見て絶句している……。

「君の名前は？」と慎。「……サトミ……」かろうじて、彼女が答えた。

「じゃ、記念写真でも撮ろうか」わたしは言った。サトミからスマートフォンを受け取る。

彼女と慎が並んでこっちを見た。サトミの顔は、店先のトマトのように真っ赤に完

熟している。

わたしは慎に、ジェスチャーで示した。〈彼女の肩を抱いて〉と……。慎がうなずく。彼女の肩をしっかりと抱き微笑した。サトミは、こわばった表情のまま……。わたしは、そんな二人に向け、3回シャッターを切った。

「おれの映画、観てくれてるんだよね？」と慎。彼女は、うなずく。片手を口に当て、その目から涙があふれている。言いたい事が、言葉にならないらしい……。やっと、

「……これからも、頑張ってください……」と震える声で言った。

「うん、ありがとう……」慎はそう言いサトミと握手した。彼女の頬につたう涙が、午後の陽射しに光っていた。

「優しいんだな……」と慎がつぶやいた。

その30分後。わたしたちは、真名瀬《しんなせ》の防波堤に腰かけていた。かたわらにはコンビニで買ったサンドイッチと缶コーヒーがある。コンビニの袋が、サラリとした海風に揺れている。

目の前は、遅い午後の海。初夏の陽射しを反射し、海面はレモンの色に染まっている……。風に漂っているカモメの白い翼も、同じようなイエローに染まっている。

「優しいって、さっきのサトミの事？」とわたし。慎が、うなずいた。わたしは、ち

ょっと水平線を眺め、「あの子、少し以前のわたしだから……」とつぶやいた。そして、

「何にも自信が持てなくて、引っ込み思案で、まるであの子みたいだった……」と苦笑い。

「そうか……」

「そうよ。いまも、そんなに変わってないわ。できる事は、魚をさばくのと多少の料理。それ以外になんの取り柄もないもの……」わたしは、言った。慎は、海を眺め無言でいる。何か考えている様子だ……。やがて、

「それって、もしかしたら、おれの事でもあるみたいで……」とつぶやいた。わたしは、思わず彼の横顔を見た。

21　君の真剣さが、きれいだから

「慎が？」とわたしは訊《き》き返していた。彼は、うなずく。

「そう、どうしようもない子供時代だった。ひたすら暗くて……」と言った。〈まあ、いまでもかなり暗いけど……〉わたしは、そう言いかけて言葉をしまい込んだ。海を見ている彼の表情が、何か思いつめているようだったから……。

「……14歳のとき、七里ヶ浜で向井監督にスカウトされたじゃない……」と慎。「あの日も、中学には行ってなかったんだ」と言った。

「それって、もしかして不登校ってやつ？」

「もしかしなくても、不登校。2カ月以上、学校には行ってなかった……。あの日も、カメラだけ持って七里ヶ浜の砂浜にいたんだ」と慎。「あのとき、監督に声をかけてもらわなかったら、いま頃どうなってたか……」と慎。うつむいてつぶやいた。

知り合ったばかりの頃、わたしがあの向井監督に〈彼は、人間嫌い？〉とつぶやくと、〈君の言う通りかもしれない。慎の境遇を考えれば、その可能性が高いな〉と監督は言った。その、〈彼の境遇〉とは、いったいどんなものだろう……。

小さな波が防波堤に打ち寄せ、細かい飛沫《しぶき》が上がる。ガラスの粒のような飛沫が、遅い午後の陽射しを浴びて光った。

「ごめん」と慎。「こんな暗い話しちゃって」と言った。

やがて、つとめて明るさを装った口調で、「こういう服、いいなあ。なんかリラックスできて」と言った。着ている〈波〉のTシャツを指先でつまんでいる。それは、けっこう素直な言葉に聞こえた。

わたしは、コンビニの袋から玉子のサンドイッチを出した。もともと不器用なので、うつむき、ちょっと苦労しながらセロファンの包装を開けはじめた。そのとき、小さなシャッター音。慎が、スマートフォンのカメラでわたしの横顔を撮ったらしい。

「やだ……。なんで、わたしなんか撮るの？」

「撮りたいから」

「それって答えになってないわよ……」

「そうだな……。でも、あのときから、どうしても君に向けてシャッターを切りたくなった」

「あのとき？」

「ほら、君がお店でアジをさばいてるとき。それと、魚市場で魚を拾ってたとき……。その横顔が真剣だったから……それは……」

「それは？」とわたし。彼は、数秒、深呼吸……。

「その……君の真剣さが……すごくきれいだから……」ちょっと口ごもりながら、慎は言った。

〈すごくきれいだから……〉そんな事を言われたのは、わたしのボケナスな人生で初めてだった。あの青果店のサトミと同じで顔が完熟しているかもしれない……。

わたしは、照れかくしにサンドイッチをかじった。頭上には、三、四羽のカモメが漂っている。一日の漁を終え、鐙摺《あぶずり》の港に帰っていく漁船が、海面に細い航跡《こうせき》を曳《ひ》いている。少し涼しくなってきた海風が、わたしの火照った頬をひんやりと撫《な》でていく……。

午前5時の魚市場。

「今年も、こいつがきたか」と一郎。水槽から一匹の魚をつかみ出した。

かなり大きな魚。市場の誰かが「シイラか」と言うと「マヒマヒだよ」と一郎。

わたしは、へえっと思った。日本ではシイラと呼ばれているけれど、ハワイなどではマヒマヒと呼ばれているらしい……。それを一郎も知っているのが、ちょっと意外だった。

マヒマヒは、南洋の魚。ハワイをはじめ、グアム、沖縄などには一年中いるらしい。季節が夏に変わる今頃、暖かい黒潮が北上して来るとともに、東日本にもやってくる。黒潮にのり、マヒマヒはこの相模湾の奥まで入ってくるのだ。その今年の一匹目が、今朝、網に入ったようだ。

といっても、マヒマヒもまた市場に出ない魚だ。

とにかく、外見が良くない。頭はずんぐりとしてごつい。見ようによっては、グロテスクと言えない事もない。背中はブルー・グリーン。腹側は金色。いかにも南洋の魚で、日本人にとって美味《うま》そうには見えない。

なので、網に入っても、ほとんどは捨てられる。全く値がつかないのだ。もちろん、スーパーや魚屋に並ぶ事はない。いま、一郎がつかんでいる60センチほどのマヒマヒを、愛はおっかなびっくりの表情で見ている。

「今日のお弁当は、マヒマヒ・バーガーよ」とわたし。「マヒマヒ・バーガー……」と愛がつぶやいた。

「あのさ、ハワイのハンバーガー屋だと、フィレオフィッシュの材料はマヒマヒなんだ」と一郎。そのマヒマヒをわたしにくれながら言った。

一郎は、やはりハワイに行った事があるようだ。水産学校の訓練航海とか……。わたしは、ふと、そんな想像をしていた。一郎にもらったマヒマヒをぶら下げて市場を出る。

わたしは、店に帰るとさっそくマヒマヒをさばきはじめた。魚体が大きいので、一番大きな出刃包丁を使う。三枚におろし、皮をひき、適当な大きさに切る。光沢のあるきれいな白身を、シンプルなフライにする。揚《あ》げ物をする香ばしい匂いがキッチンに漂った。

そのフライをパンにはさむ……。まあ、言ってみればフィレオフィッシュだ。お弁当箱には、ビニールの小袋に入ったタルタルソースも添えて、愛に持たせた。

「お、これはどうしたんだ……」と奈津子。店に入ってくるなり言った。

彼女が言う〈干物〉みたいな店が、少しましになったんで、驚いているようだ。わたしは、うちが慎の映画の撮影に使われたと説明する。

慎が主演してる映画のロケをこの辺でやっている、その事は葉山のみんなが知って

いる。わたしは、そんな話をしながら、マヒマヒをさばいていた。自分のお昼ご飯用だ。それを見ていた奈津子が、

「マヒマヒ、ハワイじゃ高級魚なんだよなぁ」と言った。奈津子は、高三の夏休みにハワイのマウイ島に行った。本場でウインド・サーフィンの体験をするために……。

「マヒマヒって、ハンバーガー屋だけじゃなくレストランでも出るの？」とわたし。

「もちろん。ソテーしたり、いろいろに料理されて出るね。値段も高いよ」と奈津子。

　わたしは、うなずいた。お爺《じい》ちゃんも、このマヒマヒを料理していたものだ。〈捨てる魚なんてないさ〉とつぶやきながら……。「マヒマヒ、ひさびさだなぁ。さっそく食わせてよ」と奈津子。


「やっぱり、いける……」と奈津子が言った。マヒマヒのソテーを口にしたところだ。

　マヒマヒの身に塩と粗挽《あらび》きの黒コショウをふり、バターでさっと焼く。それに、レモンをたっぷりとしぼりかけ、わたしたちは口に入れた。確かに、美味《おい》しい。しっとりした白身。鮮度がいいので、魚臭さが全くない……。そのとき、ラインが着信。学校に行っている愛からだ。

〈マヒマヒ・バーガー、最高！　これ、お店のメニューにのせられるよ！〉とあった。

「あの子？」と奈津子。わたしはうなずいた。「この前、歩いてるところを見かけた

けど、少し血色が良くなったねえ」と奈津子が言った。わたしは、うなずいた。そうかもしれない……。

店のドアが開き、お客が入ってきた。女子大生風の二人連れだった。

「あの……慎が座ったのこの席ですよね……」と彼女たち。わたしは、うなずいた。

撮影で慎が腰かけた2番テーブル。彼女たちは、そこに座る。奈津子が、

「いらっしゃい」と水を持っていく。奈津子は、逗子海岸のカフェでバイトをしているので、店の仕事には慣れている。

「びっくらこいた。この店に、クレソンのサラダなんて洒落《しゃれ》たものがあったんだ……」と奈津子。わたしは、後ろにある黒板を指さした。黒板には今日のメニューが書いてある。シーフード・パスタ、ペペロンチーノのパスタ、そして〈クレソン・サラダ〉などと……。

午後2時過ぎ。女子大生風の二人連れが、食事を終え帰っていったところだった。

彼女たちがオーダーしたのは、クレソン・サラダ、シーフード・パスタ、そしてグラス・ワインの白だった。ゆっくりとワインを飲みランチをして帰っていった。慎に遭遇できなくても、かなり満足そうな表情で……。

わたしは、奈津子に説明する。愛がクレソンを見つけてきて、サラダを作ってみせたと……。

「あの子のお母さん、鎌倉の倫敦亭の娘なんだって」

「……へえ、そうなんだ……。ただの痩《や》せっぽちのガキかと思ってたけど……」と奈津子。珍しく感心している。

「ときどき頭くることもあるけど、いい子だよ」わたしは言った。

「けっこう、上手《うま》いね……」わたしと奈津子は、つぶやいた。

午後3時半。愛が学校から帰ってきた。さっそく、新しいメニューを描きはじめた。マヒマヒを使ったメニューを加え、店の外に貼り出すという。ケント紙に色鉛筆で描きはじめている。〈ハワイ風マヒマヒ・バーガー〉そして、〈ハワイ風マヒマヒのソテー〉。

そして、そのわきにヤシの木を描きはじめた。それが、なかなか上手い。感じが出ている。〈ヤシの木を描く〉といっても、そう簡単にサマになる絵は描けるものじゃない。それを、愛はすらすらと描いている。さすが、漫画好き……。

「で、いくらにしようか。まず、〈マヒマヒ・バーガー〉は？」と愛。

「６００円ぐらい？」とわたし。

「安いよ、ウミカ。トマトとかレタスとか付けて750円！」と愛。そばで見ていた奈津子が、わたしの肩をヒジで突《つっ》いた。ニヤニヤして、「あんたより、よっぽどしっかりしてるね」と言った。「ま、まあね……」と、わたしはため息。

「それはそうと、あれ、ひどくない？」と奈津子。店のドアを開ける。外にかけてある〈OPEN〉〈CLOSED〉のプレートをはずしてきた。それは、ずっと以前に作ったもの。ベニヤ板を四角く切り、黒のサインペンで走り書きしてある。いかにも雑で無愛想……。

「メニューがお洒落になったのに、これはないよ」と奈津子。「確かに……」わたしは、つぶやいた。

「それ、作ろうよ」と愛が言った。「そうだね」わたしもつぶやいた。物置には古い板切れが何枚かあるはずだ。それを愛に言うと、うなずいた。もう、紙にスケッチをしはじめている。

「お、いいじゃん」と奈津子が言った。愛がスケッチをはじめて15分。それを見たわたしも、「なるほどね……」とつぶやいた。

愛が描いたのは、魚の形。その中に〈OPEN〉の文字がある。

「可愛いね……」とわたし。「シーフードの店ってすぐわかるし、グッドアイデア」と奈津子。褒められた愛は、嬉《うれ》しそうな顔をしている。確か、物置には普通のノコギリや糸鋸《いとのこ》もあったはず……と、わたしは思い出していた。出来るかも……。

「そういえば、今日、学校で二年生に声をかけられた」と愛。スケッチする手を止めて言った。

「二年生？」とわたし。「ラブ・レターをもらったとか？」と、からかった。

「そんな事、あり得ないよ。二年生の女子だよ」

「女子？」と愛。「そう、葛城っていう人なんだ。で……あの左遷おじさんの娘」と言った。「え？　彼の娘……」とつぶやき、同時にわたしは心の中で〈そっか……〉ともつぶやいていた。葛城の娘が、わたしが卒業した地元の中学に通っていて、愛の一学年上。それは不思議ではない。

「で……どんな話だったの？」

「それが……」と愛。「左遷おじさんが、浮気をしていないかっていう話」

「……浮気？」わたしは思わず訊《き》き返していた。

22　おじさんは、崖っぷち

愛は、説明する。葛城は、毎日のようにうちの店を手伝いにきている。ときには、土日も手伝っている。帰るのが夜遅くなる事も多い。

「それで？」

「左遷おじさんの奥さんが心配してるんだって。おじさんが浮気でもしてるんじゃないかって……」と愛。「へえ……。で、あんたが何か知らないかって話？」とわたし。

愛はうなずいた。「何か怪しい事があったら、教えて欲しいんだって……」

「つまり情報を教えろって事？　お母さんの指図《さしず》か……」とわたし。

「たぶん……」と愛。「もし決定的な情報をあげたら、1万円くれるって」と言った。

中学生に1万円……。

「……お母さんが出すにしても、かなりね……」わたしはつぶやいた。何かが、心のすみに引っかかっていた。「その子と話す必要がありそうね……」

2日後。4時半。葛城の娘はやってきた。いま、店にお客はいない。

葛城《かつらぎ》里《り》香《か》。その名前は、愛から聞いていた。ジャージで通学してる愛と違い、ちゃんとした制服を着ている。糊《のり》のきいた白いブラウスに、皺《しわ》ひとつない紺のプリーツスカートだ。

鼻筋が通って、なかなか整った顔立ちの子だった。勉強もできそうな顔をしていた。愛から聞いた話だと、学級委員もやっているらしい。そのせいか、中二にしては大人っぽい。

けれど、上から目線で人に対している感じもした。野暮ったいジャージ姿の愛や、ぼろっちいうちの店を、ちょっと見下しているのが表情に出ている……。

その里香と愛は、並んでカウンターにかけた。わたしは、アイスティーを出した。「お父さんの事で？」わたしは、話を切り出した。里香は、うなずいた。「母が、心配してて……」と里香。

それから、30分近くかけて話した。わたしは、これまでの事情を説明する。わたしのお母さんが、葛城の信用金庫から借金をして……という説明をした。たぶん知っているだろうけど……。

「そんなわけで、お父さんは、毎晩のようにこの店を手伝ってくれてるの。融資したお金を回収するために。だから、浮気とかの可能性はないと思うけど……」わたしは言った。里香は、アイスティーを飲みながら、無表情で聞いている……。

さらに15分話した。里香はうなずく。

「いちおう、あなたの話はわかりました」とわたしに言った。〈あなただと？〉その高飛車で生意気な口調に、さすがのわたしもカチンときた。彼女はそろそろ帰るつもりらしい。席を立ち、

「あの、トイレ貸してもらえます」と言った。チャンス、とわたしは思った。素早くカウンターから出る。店の奥にあるトイレ。そのドアの前に立ちはだかった。

「あんたみたいな子に貸すトイレはないわ。本当の事を言ってないし」と里香に言った。

「本当の事？」と里香。「そう、あんた、本当の事は話してないと思う」とわたしは言った。彼女の表情が固まった。

「でも、母が父の浮気を心から心配してるのは本当で……」と里香。

「さあ、どうかしら。本当に心配してるのかな……」わたしは言った。葛城は、どう見ても、もてそうなタイプではない。それが、まず心の隅に引っかかっていた。そして、里香の話し方に、わざとらしさと嘘っぽさを感じていたのだ。

さらに2、3分の押し問答……。やがて。

「ト……トイレ……」と里香。その表情がゆがみはじめた。

「じゃ、本当の事を話して。それが嫌なら、外の公衆トイレにいけば？　バス停のところにあるわよ。こんなぼろい店のトイレよりましだと思うけど」わたしは言った。けれど、そのバス停は３００メートル以上離れている。

わたしは、葛城という人に何となく好感を持ちはじめていた。だから、その妻の手先としてスパイのような事をやっているこの里香という娘に、許せない気持ちが湧《わ》き上がってきていた。

しかも、その高飛車な態度にも、むかついていた。

里香の表情が、さらに、せっぱつまってきた……。けれど、わたしはドアの前に立ちはだかっている。

「……トイレ……」と里香が前かがみになって苦しそうに言った。そこへ愛もやってきた。

「お漏《も》らししちゃったら、かっこ悪いよね、学級委員だし……。本当の事を話しちゃえば？」と言った。愛も彼女の話し方に嫌味《いやみ》と嘘っぽさを感じていたようだ……里香は、前かがみで下腹部を押さえている。顔が真っ赤だ。

「もうダメ……」とうめいた。「あんた、店の中で漏らしたりしないでよ。オシッコなら外でして、外で」とわたし。

「そんな……やだ！」と里香。

「それが嫌ならホントの事を話して」……やがて、

「は……話すわ！」と里香。「本当は、お母さんはお父さんと離婚したいの！　だから……」やっと白状した。やっぱり……。

わたしは、ドアの前からどいた。里香は、あわててドアを開けトイレに飛び込んでいった。

その20秒後、「お母さんは、なぜお父さんと離婚したいの？」わたしは、トイレの外から訊いた。そのときだった。

「それは、私が説明するよ」という声。店のドアが半分開いている。スーツ姿の葛城が立っていた。

「融資を担当する人間として、私は失格かもしれないな……」

と葛城。ジンジャエールのグラスに口をつけた。彼が来て10分後だった。彼はカウンター席にいた。娘の里香は、一つあけた席にかけている。トイレに行けたので多少は落ち着いた表情……。

愛は、テーブル席でスマートフォンをいじっている。そうしながら、実は葛城の話を聞いている様子……。わたしは、オールディーズのCDをミニ・コンポに入れた。

ジンジャエールでノドを湿らせた葛城は、

「私の実家がラーメン屋だった事は、話したよね」と口を開いた。わたしは、うなずいた。

「店は藤沢駅近くの商店街にあって、そこそこ繁盛していた」

「経営は両親が？」とわたし。「ああ、父が厨房《ちゅうぼう》に立ち、母が接客をしていた。私や弟もよく手伝っていたものだ」と葛城。ふと過ぎた日を思い出す表情……。あえて感情を抑えて話しているのがわかった。

「だが……あれは私が高校生のときだ。近くにライバル店ができてしまった」

「ライバル店？」

「ああ、全国展開しているラーメン・チェーンだ。その当時でも、かなりの人気店だった」と葛城。話はすべて過去形……。切ない話になるかも……。わたしは、CDのボリュームを少し上げた。〈Stand By Me《スタンド・バイ・ミー》〉が、ゆったりと流れている。

「当然のように、うちのお客がそっちの店に流れはじめ、うちの経営はどんどん苦しくなっていった……」と葛城。ジンジャエールをひと口。

「私が大学に入った頃には、うちは赤字経営になっていた」

「大学はどこに？」

「横浜国大」と葛城。「すごい……」わたしは、つぶやいた。国立の一流校だ……。

「まあ、店の経営が傾きかけている事もあって、頑張って授業料が安い国立大学に入ったんだけど……。それでも、卒業まではいろんなバイトをしたよ」と葛城は苦笑い。

「……それで、お店は？」

「私が大学の二年に進んだ頃、父は、金策に走り回っていたようだ」と葛城。「といっても、大手の銀行が街のラーメン屋などに融資してくれるわけはない。そこで父は地元の信用金庫にかけあった。当面の運転資金を融資してくれないかと……。でも」

「……でも？」とわたし。葛城は、首を横に振り、

「ダメだった」淡々とした口調でつぶやいた。D《ダイアナ》・ロスがスロー・バラードを歌いはじめた。

「私の心には、やりきれない怒りが込み上げてきたよ。信用金庫とは、そういう地元の中小企業や店舗のためにあるんじゃないかと……」

わたしは、うなずいた。里香も、じっと聞いている。

「……うちの店が潰《つぶ》れたのは、私が大学二年の秋だった。冷たい秋風が吹く日でね……。最後の営業を終え、暖簾《のれん》を取り込むとき、父の肩は震えていた……」

とつぶやき、葛城は言葉をつまらせた。

「……それで、信用金庫に？」とわたし。横浜国大あたりを出たら、大企業や大手の銀行に入る事も充分にできたはずだ。

「ああ……。大学を出て、逗葉信金に入った」と葛城。またジンジャエールでノドを湿らす。

「逗葉信金に入って5年ほどは窓口業務をやり、その後、希望通り融資の担当になった……」

「で、いろいろな融資を？」冷たい麦茶を飲みながら、わたしは訊《き》いた。

「まあ……。普通の担当者なら融資するのを迷う、あるいは融資を渋っても不思議ではない相手にも、融資のオーケーを出してきた。そのために信金に入ったのだから……。でも、その結果がこれだよ」

と葛城。また、苦笑い。わたしは、彼のグラスにジンジャエールを注《つ》ぎたした。そして、逗葉信金の人の立ち話を思い出していた。

〈葛城さん、またかよ……〉〈融資の担当にしちゃ、人が好《よ》すぎるんだよなあ……〉

という立ち話を……。

「ところで、奥さんは？」とわたしは訊いた。

「私が妻と知り合ったのは、私が27歳、信金に入って4年目だった。その頃の私は、横浜国大を出たエリートに見えたんだろう。信金の中でも、どんどん昇進していくような……」

「でも？」とわたし。「でも……結婚してから16年。いまはこんな……」と葛城が言ったところで、スマートフォンをいじっていたはずの愛が、むこうを向いたまま、

「崖《がけ》っぷち……」ぼそりと小声で言った。葛城は、またまた苦笑い。「まあ、そういう事だね」とつぶやいた。

5分後。葛城は、里香の横顔を見た。

「お母さんが私と離婚したがっているのは、もう2年ぐらい前から気づいてたよ」と言った。里香は、じっと前を見ている……。

「まあ、私が昇進なんかとほど遠いタイプの人間だと、年月を経《へ》てわかってきたわけだ」と葛城。「しかも、私はいま浮気をしてるしね」と言った。

23

海風のバーガー

　里香が、驚いた表情で葛城を見た。

「お父さんが浮気？」と驚いた表情のまま、葛城を見ている。

「そう……浮気。ただし、相手は女性ではなく、仕事上の浮気なんだけどな……」と葛城は言った。スーツの上着を脱ぐ。店の奥へいき、前掛けを出してきた。それを腰に巻いた。カウンターの中へ……。

「信用金庫の仕事もいいが、そこで動くのは書類と金だ。けれど、たとえばこういう店で動くのは、人だ」と葛城。里香に言った。布巾《ふきん》を手にする。わたしの隣りに立ち、調理台を拭《ふ》きはじめた。

「20年以上サラリーマン生活を送っているうちに、忘れていた何かを思い出したって事かな……」と葛城。微笑して里香を見た。

「お前には、わかりづらい話かもしれないが……」と言った。そして、「家に帰ったら、お母さんに伝えてくれ。もし本気で離婚を望むなら、いつでも話し合いに応じると……」と言った。


「崖っぷちなのに、いい事言うね……」と愛。テーブルから立ち上がりながら、葛城に言った。里香が帰っていった、その5分後だった。

「ちょっといい恰好《かっこう》し過ぎたかな……」と葛城。かすかに苦笑。布巾でテーブルを拭きはじめた。その働いている後ろ姿を眺めて、わたしはふと思った。彼にとっては、両親のラーメン屋を手伝っていた十代の頃が懐かしいのでは……。

その頃は、たとえ裕福とは言えなくても、かけがえのない何かがあった日々ではないのか……。そんな事を、わたしは胸の中でつぶやいていた。

だが、それがもう戻らない人生の1ページである事も確かなのだけど……。

店のミニ・コンポから、N・K・《ナット・キング》コールと、娘のN・《ナタリー》コールがデュエットする〈Unforgettable〉《アンフォゲッタブル》が流れていた。忘れ去ることはできないと二人が歌っている……。

葛城は、ふと手を止め、5秒ほどそれを聞いていた……。が、また黙々と手を動かしはじめた。

「マヒマヒが、やばい？」わたしは、思わず訊き返した。

午前5時の魚市場だ。

「マヒマヒが、まずい事になってる」と一郎が言ったのだ。そして、説明しはじめた。

ヤリイカは、相変わらず獲《と》れている。そして、このところ、サヨリの群れがたくさん網に入りはじめたという。サヨリは、ほっそりとした魚体で、淡い白身の高級魚だ。フレンチや和食の店がよく使うので、値が高い。

そして、ヤリイカやサヨリは柔らかい。

「で、マヒマヒがやっかいもの扱いされはじめたんだ」一郎は言った。

何となく、わたしにもわかってきた。マヒマヒは、美味《おい》しい魚だが、魚体が大きい。そして、生命力が強くよく暴れる。以前、お爺《じい》ちゃんと釣ったときも、苦労したものだった。

「網の中でマヒマヒが暴れると、ヤリイカやサヨリが、ボロボロになっちゃうんだ」

と一郎。

定置網などに入った魚を船に上げるとき、マヒマヒがいると網の中で暴れる。すると、魚体の柔らかいサヨリやヤリイカなどを傷つけてしまうという。しかも、マヒマヒは浜値がタダ……。

だから、沖で網を上げるときマヒマヒが入ってると、捕まえて海に捨ててしまうという。

「漁師たちも生活かけてるから、仕方ないな……」一郎は言った。「じゃ、マヒマヒ、この市場には届かない……」とわたし。

「当分は、そうなるな」と一郎。わたしは、うつむいた。「どうすれば……」とつぶやいた。

「まあ、自分たちで釣るしかないな。なんなら、手伝うよ」と一郎が言ってくれた。

わたしは、ほっと一息……。

定休日の木曜。午前9時だ。

魚市場に接した岸壁。そこに一艘《そう》の小船が舫《もや》われていた。どうやら、一郎の家の船……。

うちのお爺ちゃんが使ってた二人乗りの伝馬船《てんません》よりは、少し大きい。四、五人は乗れそうだ。操船席もあり、30馬力の船外機がついている。

わたしの姿を見ると、一郎は片手を上げてみせた。操船席でキーをひねり、エンジンをかけた。船外機が一瞬身震いし、軽快な音をたてはじめた。

岸壁から船のデッキに乗り移ったわたしは、船外機を覗《のぞ》き込んだ。水が排水されているのを確認する……。すると、一郎が〈ほう……〉という表情を見せた。

船のエンジンは、海水を取り込んで冷却する。船外機の中をひと回りした海水は、パイロット・ホールという小さな穴から外に出る。まるで、エンジンがオシッコをしてるように……。

わたしは、そのパイロット・ホールからちゃんと海水が出ているのを確認したのだ。

「船舶免許、持ってるのか？」と一郎。わたしは、うなずいた。

わたしが高校三年になったとき、気づいた事がある。それは、何の資格も持っていないという事だ。特技も取り柄もない上に、資格もないのでは、将来はどうなるんだろう……。

ここ湘南で、もし何かの仕事につくとしたら、船舶免許があると多少はプラスになるはずだ。そこで、高三の秋に船舶免許を取ったのだ。

そんな事を話しながら、わたしは船の舫いロープを解いていく……。一郎が、ギアを入れ、船はゆっくりと岸壁から離れた。

〈夏だ……〉わたしは、海風を胸一杯に吸ってつぶやいた。

船は、港から広い相模湾に出ていた。海は穏やかだった。船は、しだいにスピードを上げていく……。まだ6月だというのに、陽射しは真夏のようだった。今年は空梅《からつ》雨《ゆ》だと言われているけれど、その通り、眩《まぶ》しい陽射しが海面で弾《はじ》けている。

太平洋高気圧が東日本をおおっているらしい。真夏の気圧配置だ……。

わたしは目を細め、眩しい海面を見ていた。風が、前髪をパタパタと揺らせる……。

大学ヨット部のディンギーが五艇、反転《タック》の練習をしている。

わたしたちの船は、その近くを走り過ぎる。さらに沖へ……。わたしは、操船席の羅針盤《コンパス》を見た。方位210度。相模湾の真ん中に向かって走っていた。一郎は、無言で舵輪《だりん》を握っている。

「そろそろかな……」一郎が言い、船のスピードをぐっと落とした。

港を出て約15分。陸地は、はっきりと見えている。けれど、魚を釣るには充分な海域まできていた。

船のスピードはいま、6ノットほど。ゆっくりと自転車を走らせるぐらいの速度だ。

「ルアー、流せるか?」操船席で舵《かじ》を握ったまま一郎が言った。わたしは、うなずいた。

船には、二本の釣り竿《ロッド》があり、リールがセットされている。釣り糸の先には、魚に喰《く》わせるためのルアーがついている。

わたしは、ルアーを船べりから海に入れた。そして、リールからラインを出しはじめた。船がゆっくりと進んでいるので、ルアーは後ろに流れていく……。

30メートルほど後ろまでルアーが流れたところで、止めた。ルアーは、小さな飛沫《しぶき》を上げながら海面を泳ぎはじめた。これがイワシなどの小魚に見えて、大きな魚が喰いつくしかけだ。

わたしは、もう片方のルアーも海に流した。すべて、お爺ちゃんの船でやっていたのと同じ事だ。

ジッ！　リールが鳴った。魚が、かかった。ルアーを流しはじめて20分後だった。

「小さい。サバだな」と一郎。ふり向いて言った。それでも、船のスピードをさらに落とした。超微速《デッドスロー》。人が歩くぐらいのスピードに落とした。

ロッドの一本が、ほんの少し曲がっている。わたしは、そのロッドを握る。リールを巻きはじめた。やはり、小さな魚がついているようだ。そして、1分たらずでサバが上がってきた。しかも可哀想なほど小さい。一郎がそれを見て、

「リリース」と言った。わたしもうなずく。そのサバを針からはずし、海に戻した。サバは泳ぎ去る……。

その5分後だった。また、ルアーを流しはじめていた。そのとき、わたしは自分の心拍数が少し上がっているのに気づいた……。

心臓の鼓動が速くなった、その理由は一郎だ。

さっき、ルアーを流しているとき……。彼は、周囲の海をさりげなく、そして油断なく眺めながら、舵を握っていた。そうしながら、ときどき魚探《ぎょたん》に視線を送り、魚の反応に注意を払っていた。

そして、魚がかかった瞬間。全く表情を変えずに船のスピードを落としながら、落ち着いた声で、〈小さい。サバだな〉と言った。

その動作や表情が頼もしかった。そして、一人の男として眩しかった……。それは、一郎に関して、少し前から感じている思いなのだけれど……。

わたしは、以前から男の人が何か手仕事をしている姿が好きだった。無駄口を叩《たた》かず、黙々と仕事をしている姿が……。

奈津子に言わせると、それはお爺ちゃんの影響だという。確かに……。漁師、そして料理人だったお爺ちゃんの姿は、くっきりと心に刻まれている。背筋を伸ばして包丁を使っている後ろ姿が……。

ある日、〈ファーザー・コンプレックスじゃなく、爺《じじ》いコンプレックスだね〉と奈津子が笑ったものだった。

「そろそろお昼にしない？」わたしは一郎に言った。

もう12時だった。午前中は、小形のサバが四匹釣れただけ。みなリリースした。そしてお昼……。わたしは、用意してきたマヒマヒ・バーガーを出した。マヒマヒのフライとパンの間にタルタルソースを流し込み、一郎に渡した。それをひと口かじった彼は笑顔を見せ、

「気分はハワイだな」と言った。わたしたちは、ルアーを流したまま、海風の中でマヒマヒ・バーガーをかじる……。

気がつくと、眠くなっていた。

今朝も、6時から愛に持たせるマヒマヒ・バーガーを作った。その後、自分が持っていくバーガーも作り、港にきた。お昼を食べて眠くなっても当たり前かもしれない。

船は、ほどよく揺れ、ルアーを曳《ひ》いたままゆっくりと進んでいる……。

操船席のそばに置いてある大型のクーラーボックスに腰かけ、わたしはウトウトとしはじめた。

どのぐらい居眠りしていただろう。たぶん、10分か15分……。うっすらと、目をあける。そばには、一郎がいた。彼は、微笑し、

「口にタルタルソースがついてるぜ」と言った。

「あ……」とわたしは口を半開き。そのとき、一郎がわたしの方にかがみ込む。自分が着ているTシャツのスソで、わたしの唇の端を拭《ふ》いてくれた。

すぐそばに彼の顔……。お互いの目が合った。時間が止まったような瞬間……。彼の澄んだ瞳《ひとみ》が、じっとわたしの目を見つめている。お互いの呼吸が感じられるぐらい、顔が近づいた。そして唇も近づいて……。わたしは、そっと目を閉じた……。

その瞬間だった。リールが悲鳴を上げた！

24　麦わら帽子をかぶって、笑っていたね

「かかった」

と一郎。その声は、落ち着いていた。リールはラインを吐き出し続け、かん高い音が響いている。

一郎は、船のアクセルを絞った。スピードが落ち、デッドスローになる。けれど、まだラインは引き出されている。かかった魚は、そこそこ大きいようだ。

やがて、40メートルほど後ろの海面でバシャバシャと飛沫が上がった。ブルー・グリーンの魚体が、ちらりと見えた。マヒマヒ！

「80センチぐらいだな」舵を握って一郎が言った。

やがて、引き出されていたラインが止まった……。

わたしは、ロッドを握る。リールに手をかけた。一郎が、もう片方のリールを巻き

ルアーを回収しはじめた。そうしないと、二本のラインが絡んでしまうからだ。

一郎の動作は、落ち着いていて、しかも素早く無駄がなかった。やはり、頼もしい……。

わたしは、リールを巻きはじめた。これまでのサバとはまるで違う。ずっしりとした重量感がある。

「きつくなったら、代わるぜ」と一郎。微笑しながら、リールを巻きはじめたわたしの肩を軽く叩いた。

「とりあえず、やってみる」とわたしは言った。ゆっくりとリールを巻きはじめた。〈食材なんだから、逃がすものか！〉と胸の中でつぶやきながら……。すでに、汗が流れはじめている……。

長く感じたけど、実際は10分ぐらいのファイトだったろう。マヒマヒは、船の近くまで寄ってきた。確かに80センチぐらいある。

「もう少し巻いて」一郎が、落ち着いた声で言った。

わたしは、力を込めてリールを巻いた。マヒマヒが船のすぐわきにきた。一郎はもう、大きな玉網《ネット》を手にしていた。それを海面に入れると、慣れた動作で、一気にマヒマヒをすくい上げた。そして、氷水が入っている大型のクーラーボックスに放り込んだ。

「マヒマヒ・バーガー、四〇個分だな」と一郎。わたしたちは、拳《こぶし》と拳でグータッチをかわしていた。


午後4時過ぎ。港に戻ってきた。午後3時半にも、うまくマヒマヒが釣れたので、そこで釣りを切り上げたのだ。わたしたちは、船を岸壁に舫《もや》って、ほっとひと息。クーラーボックスを開けてみる。氷水の中に80センチほどのマヒマヒが二匹。それを眺めた一郎が、

「ハワイでも、売り物になるサイズだな」と言った。そこで、わたしは思い切って、

「ハワイはいつ行ったの？」と訊《き》いてみた。一郎は、ちょっと無言。

「3年ぐらい前かな……」とだけ答えた。

「……訓練航海とか？」

「……いや、つまらない観光旅行さ……」と一郎。ぼそっと言った。そのときだった。

「お前らしくないな」という声。

わたしも一郎もふり向いた。武田が、岸壁に立っていた。

「そうやってとぼけるのは、お前らしくないよ」

と武田。岸壁から船に乗り移ってきた。船が少し揺れた。武田は学校の帰りらしく、半袖《はんそで》のポロシャツにジーンズというスタイルだった。

「例の話をしたくてきたんだが、マヒマヒが大漁だったみたいだな」と武田。クーラーの中を覗《のぞ》いて言った。〈例の話〉は少し気になったけれど、わたしは二人のやりとりを聞いていた。

「お前が海果の事を気にしてる、それは愛も言ってたし、おれも気づいてるよ」と武田。

「そんな事は……」と一郎。ぼそっと言った。

「恰好《かっこう》つけるんじゃないよ。この前も、〈あいつ、ほっとけないから〉って言ってたじゃないか」と武田。苦笑いしながら言った。

「……だって、こいつトロいから……」と一郎。

「確かに海果は中学の頃からトロかった。だが、ほっとけない理由は、それだけか？」と武田。「とにかく海果の事が気になるんなら、ありのままを話してやってもいいんじゃないのか？」

「ありのまま？」と一郎。「ああ、お前が野球選手だった事も含めて……」と武田が言った。

一郎が、野球選手だった……。わたしは、もちろん驚いていた。と同時に、思い出した。

夜明けの魚市場。ネットに入っているタコを一郎は、かなり離れた仲買人に向かって投げていた。

その投げるフォームが、しなやかで力強かった。そして、コントロールが凄《すご》い。タコは、仲買人が持っているトロ箱に必ずおさまった。それも、野球選手だったときけばうなずける……。

「魚市場の人たちが、元槍投げの選手と言ってたけど……」とわたし。一郎は苦笑い。

「年寄りのかん違いさ」と言った。

一郎は、飲み物用のクーラーボックスを開けた。缶ビールを二缶出す。一缶は武田に渡した。そして、わたしにはスポーツドリンクを……。

武田は、缶ビールに口をつけ一郎を見た。

「お前が話しづらいんなら、おれが話そうか」と武田。そして、わたしに視線を向けた。

「一郎は、うちの中学に入ったとき、すでにずば抜けたピッチャーだったよ」と言った。一郎は、少し照れたような表情を見せた。缶ビールをひと口。

「まあ……確かに、おれは漁師のガキだが子供の頃から野球は好きだった。投げたり、打ったり、走ったり……。たまたま自分の名前が一郎だって事もあったかな……」と言った。

そうか。あの〈イチロー〉……。わたしは、胸の中でつぶやいた。

「こいつが中学に入ってきたとき、身長はほかの子より10センチ以上高くて、高校生みたいな球を投げたよ。一年生の秋には、うちの野球部のエースになっていた。エースで四番打者……」と武田。一郎は、黙ってビールを飲んでいる。

「こいつが中二になったとき、ある大会で、一試合で15の三振をとったんだ。次の試合には、野球の名門である高校からスカウトが見にきたよ」と武田。

「で、その名門高校に進んだの？」わたしは訊いた。武田はうなずき、神奈川県西部にある高校名をあげた。

「甲子園に出場するのがごく当然のような強豪校だ。うちの中学を卒業した一郎は、その高校に進み、同時に寮生活をはじめた」

「寮生活？」とわたし。

「その高校の野球部員は、寮で生活するのが決まりだったんだ」と一郎。ビールのせいか、少しは話すようになった。

そこで、わたしは思い出した。いつか一郎が言った〈しばらく葉山を離れていたから〉……そういう事情だったらしい。

「その高校野球部でも、こいつはエース、つまり主力ピッチャーとして活躍した。おれの予想通りだったが……」と武田。

「神奈川県大会、そして甲子園にはよく応援に行ったものだったな。桃《もも》ちゃんたちと一緒に」と言った。

「桃ちゃん？……もしかして……」とわたし。

「……妹さ。桃の花が咲く頃に生まれたんで、〈桃〉と名づけられたんだ」と一郎が言った。またビールに口をつける。武田が、うなずいた。

「それにしても、桃ちゃん、確かに愛に似てるな……」とつぶやいた。武田は、スマートフォンをとり出した。画像を出し、それをわたしに見せた。

液晶画面では、一人の少女が笑顔を見せていた。野球の応援スタンドらしいところだった。陽射しが明るい。

「これは、一郎が高校二年で出場した夏の甲子園だ」と武田。一郎が高二だとすると、そのとき17歳ぐらい……。6歳違いの妹の桃は11歳ぐらい……。

その年頃に見える桃ちゃんは、麦わら帽子をかぶって無邪気な笑顔を見せている。その笑顔は、言われてみれば、どこか愛に似ている。その年頃らしい丸顔。鼻は高くないが、大きい目……。

「愛が中学に入学してきたとき、誰かに似てるなと思ったが、しばらくして気がついた、桃ちゃんに似てると……」

武田は言った。そして、またスマートフォンを見た。

「この日の甲子園で、一郎は7回を投げて、12の三振をとった。そして、無失点……。スタンドには、プロ野球のスカウトが何人もきていたよ」武田が言った。

「という事は、プロの選手を目指していたの？」とわたし。

「プロ野球はもちろん、イチローや大谷《おおたに》みたいに大リーグで活躍する夢も持ってたよな。だから、当時から英語の勉強もしてたしな……」と武田は言った。

一郎は、かすかに苦笑し、小さくうなずいた。

それを聞いて、また一つ謎がとけた。愛に勉強を教えている一郎。その中でも、彼の英語力はかなり高いと感じられた。その理由が、わかった。

カモメが一羽、風に漂っている。二缶目のビールに口をつけた武田は話し続ける。高校三年の一郎は、プロ野球のドラフト会議で指名されたと……。

「その結果、ドラフト2位指名で入団したのさ」と言った。横浜に本拠地《ホーム》があるプロの球団名を口にした。

「プロの選手になったんだ……」わたしは、つぶやいた。武田が、うなずいた。

「そう、プロの選手になった。そして、その春、球団は暖かいハワイでシーズン前のキャンプをはっていた。高校を卒業した一郎は、すぐさまそのハワイ・キャンプに合流した」と言い、一郎を見た。

「まあ、10日ほどのハワイだったけど、楽しかったよ」と一郎。「マヒマヒ・バーガーも食ったしな」と言った。ビールが、また少し口を軽くしてきたようだった。


港の中を、中型の漁船がゆっくりと動いていく。その曳《ひ》き波で、わたしたちの船が少し揺れた。

「プロ野球では、活躍した？」わたしはつい訊《き》いていた。一郎は、ちょっと苦笑い。

「高校を出たばかりの新人《ルーキー》がすぐに活躍できるほど、プロの世界は甘くないよ。しばらくは二軍でトレーニングを続けた」

と言った。わたしは、うなずいた。それはそうかもしれない……。

「それでも、9月ぐらいになると一軍に上がって、ベンチに入る事もふえたよな」と武田。

「ベンチに入る？」と野球に詳しくないわたしは訊いた。

「ベンチに入るって事は、ピッチャーとして登板する可能性があるって事だよ。先発でなくても、リリーフとかで……」と武田。一郎を見て、

「お前が〈今日はベンチ入りする〉と桃ちゃんに連絡すると、あの子から私のところにもすぐ連絡がきたものだったな。試合のなりゆきによっては、リリーフで登板する可能性があるからな」と言った。一郎は、かすかにうなずいた。

「桃は、おれがプロ野球のマウンドで投げる、それを見るのが夢だったから……」とつぶやいた。今度は、武田がうなずく。

「……そんな兄妹《きょうだい》だったんだな……」ちょっとしみじみした口調で言った。また、カモメが二羽、視界をよぎった。

「……で、初登板は……」とわたし。

「……10月中旬のはずだった……」と一郎。「はずだった？」わたしは、つぶやいていた。

「4月に開幕したシーズンも終盤の10月に入り、チームには故障者がふえてきた。ピッチャーのローテーションも厳しくなり、ルーキーにも登板のチャンスがやってきたんだ」と一郎。

「で、初登板？」

「ああ……4日後の試合に先発で登板だと、監督から告げられた。しかも、ホーム・ゲームで」と一郎。

「ホーム・ゲーム？」

「そう、本拠地の横浜スタジアムでの試合……」と武田。

「妹さんには？」とわたし。「もちろんすぐ知らせ、急いでチケットを葉山に送った。おれは、横浜にある球団の独身寮に住んでたから……」と一郎。ふと海に視線を送った……。

「その試合の前日、夕方だった。練習から寮に戻ったとき、電話がきた。親父からだった……」とつぶやいた。わたしは、思わず彼の横顔を見た……。

25　戦力外通告

「事故だった」と一郎。感情を抑えた口調で言った。

「桃は、自転車で渚橋《なぎさばし》の交差点を渡ろうとしていた。そこへ、国道１３４号を走ってきた居眠り運転のトラックが突っ込んできて、あいつをはねた」

　一郎は、近くの海面を見つめたまま……。

「病院に搬送されたときはもう心肺が停止してたという……。全身を強打してたが、目を閉じた顔は眠ってるようで、いまにも起きてきそうだった……」とつぶやいた。

頭上からは、チイチイというカモメの鳴き声が聞こえていた。

「呆然《ぼうぜん》としたまま何も考えられなかった……。けど、胸がつまったのは、病院に着いた2時間後だった……」わたしは、一郎の横顔を見つめていた。

「事故のときにあいつが背負っていた小さなデイパックには、チケットが入っていた」

「……チケット……」

「ああ……。おれが送った横浜スタジアムのチケット。球団に頼んでとってもらった最前列の席だ……」と一郎。「翌日の試合を、あいつがどれほど楽しみにしていたのか……。そのチケットを手にして見つめてたら、初めて涙が出てきたよ……」淡々とした口調で一郎は言った。

陽は、かなり傾いてきていた。一郎が手にしているビールの缶が、その陽射しに光っている。海面も、熟したイチジクのような紅《あか》い色に染まりはじめていた。

「桃が死んでから、いつも思い出すのは、最後に過ごした夏の事だ……」と一郎。三缶目のビールを開けた。

「最後の、夏？」とわたし。「おれが入団した年の夏……そして桃が中学に入った年の夏休みだ……」と一郎。わたしは、思い出した。

「もしかして、妹の桃ちゃんが手首を捻挫《ねんざ》したとき？」と訊いた。彼は、うなずいた。

「そう……。あいつ、ソフトボールの練習で手首を捻挫して……」と言った。

わたしは、しばらく考えていた。そして、

「妹の桃ちゃんがソフトボールをはじめたのは……もしかして一郎が野球選手だったから？」と訊いた。彼は、小さくうなずいた。「まあ、そうみたいだな。少しでも、同じようなスポーツをやってみたかったらしくて……。で、鎌倉の中学に入ったらソフトボールをはじめたらしい」と言った。

「……それはいいんだが、夏休みに入ってすぐの練習で右手首を捻挫してしまい、飯を食うのも不自由になったと親父から連絡がきた。その頃、おれはまだ二軍でトレーニングをしてたんで、球団から1週間の夏休みをもらい、葉山に帰ってきた」

と一郎。わたしは、さらにはっきりと思い出した。

　タコを揉《も》んで手の握力がなくなってしまった愛。その愛に、一郎がパスタを食べさせてあげた。あのとき、一郎が亡くなった妹の事を思い出してしまって……。その事を思い出していた。それを言うと、彼はうなずいた。

「そうだった……。愛の無邪気な顔を見ながらパスタを食わせてたら、ついあの頃の桃を思い出してたな……」といった。また、ビールをひと口……。

「……とにかく、葉山に戻ったおれは、桃に飯を食わせてやったりしながら、1週間を一緒に過ごしたよ。おれが防波堤で小物釣りをしてるのをあいつが眺めて、何かが釣れると歓声をあげたり……二人とも小さかった頃のようで、楽しかった……」と一郎。過ぎた日のページをめくる表情……。

「おれが高校の寮で暮らしはじめてから、桃とは離れている事も多かったけど、あの1週間を思い出すと、辛《つら》さが少しはやわらぐんだ……」そうつぶやいた。

夕陽に染まった海面。すぐ近くでボラの稚魚らしい小魚が跳ね、その波紋が丸く広がっていく……。

「……訊《き》いていい？」とわたし。一郎が、こっちを見た。「その後は？」とつい口にしていた。一郎は、しばらく無言……。

「桃の事は、球団のみんなが同情してくれた。あいつ、可愛がられてたから……」

「可愛がられてた？」

「ああ、おれが二軍のチームメイトたちと練習してるとき、あいつ、よく練習グラウンドにきたんだ。土日だとしょっちゅう……。まだ小さい頭に、うちのチームの野球帽をかぶって」

「へえ……」

「そんなわけで、仲間の選手たちやコーチ、スタッフにも可愛がられてたよ……。だから、あいつの葬式には、チームから一〇人以上がきてくれた……」と一郎。「それはそれとして、おれ自身は、脱殻《ぬけがら》みたいになってた」とつぶやいた。

岸壁で釣りをしていた少年が、仕掛けを上げ帰っていく……。

「おれは一度も登板しないまま、11月にプロ野球のシーズンは終わった」と一郎。

「その後のシーズンオフ、球団の勧《すす》めもあって、自主トレーニングに入った。若手の四人で、伊豆《いず》でトレーニングをしたよ。だけど……」

「だけど？」とわたし。「まるで、やる気になれないんだ」と一郎。かすかに苦笑した。

「桃ちゃんの事で？」訊くと、苦笑したままうなずいた。「おれは、確かに野球が好きだった。けど、それはプロの選手になった理由の半分で、残りの半分は桃の事だった……」

　武田が、小さくうなずいた。

「プロ野球のマウンドで投げる姿を、あいつに見せてやりたい……。もし大リーグでプレイするようになれたら、あいつを本場のディズニーランドに連れていってやりたい……。そんな事ばかり考えていたから……」と一郎。淡く苦笑したまま、「そのモチベーションが、まるでなくなったんだ」と言った。

「……じゃ、次のシーズンは？」わたしは、訊いた。

「開幕前のオープン戦で、5回投げたが、ホームランを4本打たれて7失点した。ボロボロ……。開幕後、一度だけマウンドに上がったけど、2回で6失点してノックアウトされたよ」と一郎。はっきりと苦笑いした。

「で、その1カ月後には、一軍からの戦力外通告をされた」

「戦力外通告……」わたしは、つぶやいた。「言ってしまえば、お前は選手としてもう必要ないって事さ」と一郎。そこで、武田が顔を上げて一郎を見た。

「おれが関係者から聞いた話は、ちょっと違うな」と武田。

「球団は、お前を奮《ふる》い立たせたくて、あえて一軍からの戦力外通告をしたと聞いた。お前をもう一度、やる気にさせたくて、わざときつい事を伝えた。まだ20歳《はたち》の若さだし、二軍に戻ってトレーニングをつんで、また一軍に帰ってくるのを期待してたと聞いてるが……」と言った。

「さあ……」と一郎。「それはともかく、通告をうけたおれは、もう退団を決意してたよ。期待してくれた人たちには悪いけど、これ以上、球団のお荷物になるわけにはいかないと思ったし……何しろ、野球選手としてのモチベーションがなくなってるのが、自分でも嫌というほどわかってた」と言った。

飲んだビールの缶を、くしゃりと潰《つぶ》した。そして、苦笑い……。

「まあ……ボールのかわりにタコを投げてるのも、気楽でいいよ」と言った。

風が、涼しくなってきていた。港の海面を渡ってきた西風が、わたしの前髪を揺らして過ぎた。夏ミカンの色に染まっている黄昏《たそがれ》の空を、カモメが三羽、ゆっくりとよぎっていく……。

「戦力外通告か……」と葛城。「きつい言葉だな、特に私には……」とつぶやいた。

夜7時の店。今夜は漁協の集まりがあるとかで、夜のお客はいない。葛城も、のんびりと水割りを飲んでいる。

「今度は、戦力外おじさんだね」とカウンターの端で愛が言った。葛城は苦笑い。

「まあ、そういう事かな……。妻からは、夫としての戦力外通告をされたし、信金からも、このままだとその通告がされそうだしね」と言った。すると、

「横須賀の駅前に、ハローワークができたって」と愛が言った。「あのね、愛ちゃん……」と葛城。苦笑しながら、水割りを飲む……。

夜の砂浜。白く小さな波が打ち寄せていた。

「あのさ、ウミカ」と愛が言った。葛城は、かなり酔って帰っていった。わたしと愛は、すぐそばの砂浜に腰かけていた。

「一郎の妹の桃ちゃんって、そんなにわたしに似てるの？」と愛。

「うん、写真見たけど、かなり似てるよ」わたしは言った。愛はうなずき何か考えている。

「でも、その桃ちゃん、可哀想……」と愛。「わたしは、お父さんに捨てられかけたし、貧乏だけど、なんとか生きてる。……けど、その桃ちゃんは、中一で死んじゃっ

たんだから……」

「そうだね……」とわたしもつぶやいた。心の中に、ひんやりとした風が吹いていく。

「わたしに、なんか出来る事があるのかなぁ……」と愛。

「あるよ」わたしは言った。愛がこっちを見た。

「その桃ちゃんから、バトンを受け取ること……」

「バトン？」と愛。

「一郎は桃ちゃんという愛情を注ぐ存在を失ってしまった。だから、もういない桃ちゃんから、あんたがバトンを受け取るしかないよね、妹っていうバトンを……」

「でも、桃ちゃんは血のつながった妹で、わたしはただの……」と愛。

「大丈夫だよ。この世の中で、血のつながりより、心のつながりの方が強い事はよくあるし……」とわたし。

「現に、一郎にはあんたが必要なんだと思う。だから、あんなによく勉強見てくれたりしてるんだよ」わたしは言った。空を見上げた。月は出ていないけれど、かなりの数の星が光っている。

「……一郎が、わたしを必要としてる？」と愛。「そう、まず間違いなく必要としてると思う」とわたし。愛は、しばらく無言でいた。何か考えている……。そして、

「誰かに必要とされるなんて、初めてだ……」ぽそっと、つぶやいた。

その、あまりに無邪気で正直な口調に、わたしは苦笑いしていた。そんな苦笑いをしているうちに、鼻の奥がツンとしているのに気づいていた。夜空に散らばる星が、少しにじみはじめている……。

「あ、トビウオ……」と愛が言った。落ちているトビウオに歩み寄った。

明け方の魚市場。今朝も、わたしたちは魚を拾いにきていた。そして、市場の隅に捨てられている魚やイカを拾いはじめたところだった。

そこで、愛がトビウオを見つけたのだ。トビウオも、マヒマヒと同じ夏の魚だ。半透明な胸ビレを拡《ひろ》げて宙を飛ぶ……。夏の海ではおなじみの姿だ。今日初めて網にまぎれ込んだらしい。三匹だけ、市場の隅に落ちている。

トビウオは、ていねいに料理すれば美味《おい》しい魚だ。けれど、一般的な消費者にはなじみがない。しかも、まとまった数が獲《と》れないので、ここではねられ都会のスーパーなどには並ばない。いま、市場の隅に捨てられた三匹のトビウオを、愛はそっと拾い上げている。

「この子たちも、戦力外通告されたんだよね……」とつぶやいた。

わたしは、ちょっと無言……。しゃがみ込み、そっとトビウオを拾い上げている愛

の背中をじっと見つめていた。かなり複雑な思いが胸をよぎる……。やがて、うなずき、

「そうだね……。だから、わたしたちが連れて帰って料理してあげよう」と言った。愛もうなずき、トビウオを一匹また一匹とポリバケツに入れていく。振り向くと、一郎がいた。わたしに気づくと、うなずき微笑した。そして、しゃがんでトビウオを拾い上げている愛に、相変わらず優しい視線を送っている……。

あの向井監督がやってきたのは、7月の第2週。水曜日の夜だった。午後8時過ぎに電話連絡があり、10時頃にやってきた。すでに、お客も葛城も帰ったところ。愛はお風呂《ふろ》に入っている。

監督は、一人でやってきた。わたしは、ビールとトビウオの刺身を出した。「ありがとう」と監督。ゆっくりとビールに口をつけた。何か、大事な話がありそうな様子だった。

「慎のお父さんが、選挙に出る?」わたしは、思わず訊《き》き返していた。

26　初恋が、7年遅れてやってきた

「そう、慎のお父さんが選挙に出馬するかもしれない」と監督。「9月に行われそうだと噂されている衆議院選に」と言った。「えぇ……」とわたしは、口を半開き。

「慎のところは、そういう家系なんだ。お爺《じい》さんは、参議院議員だったという」と監督。

「はあ……」

「慎のお父さんは、東大を出て旧大蔵省《おおくらしょう》に入った。いわゆるキャリア官僚で、今度の衆議院選に、自民党の公認候補として出る可能性があるらしい」

「慎は、そんな家系に……」

「ああ。慎のお兄さんも東大を出て、去年、外務省に入ったらしい。そんな家族の中で、幼い頃からカメラ少年だった慎は、無視され続けてきたという。彼自身も、お父さんやお兄さんの生き方にはずっと反発してきたらしい。まあ……白いアヒルの中に一羽だけいる黒いアヒルかな」そう言って、監督は苦笑い……。

「それで、彼は人嫌いに？」とわたし。監督は、うなずいた。

「まあ、そんな家に自分の居場所がなく、どんどん一人きりになって……カメラだけが友達の孤独な少年になったようだ」と言った。わたしはうなずいていた。いつも、どこか寂しさを感じさせる慎の横顔を思い浮かべていた。そういう事だったのか……。


「で、慎のお父さんが選挙に出るのは確実なの？」わたしは訊いた。

「そんな噂だね……。マスコミはもう嗅《か》ぎつけているようだ」

「……マスコミが？」

「ああ、慎は一種独特の人気がある俳優だ。この1、2年、映画やドラマの主演が続いている。そのお父さんが、もし衆院選に出るとなれば、かなり大きなニュースだからね。メディアが放っておくわけがない」

「そうなると……映画の撮影に影響は？」わたしは訊いた。監督はうなずき、説明しはじめた。昨日まで、東京のセットで撮影をやり、映画はやっとクランクアップしたという。あとは、10月の公開に向けての編集作業をするらしい。

「だが、お父さんが選挙に出るとなると、慎の身辺は騒がしくなるだろうな……。メディアが彼を追い回すだろう」と監督。「そこで、君に頼みたい事があって、やってきたんだが……」と言った。

「……わたしに頼み？」

「そう……。簡単に言おう。もし、慎が頼ってきたら、力になってやって欲しいんだ」

「……わたしが慎の力に？」思わず訊いていた。監督は、ビールに口をつけてうなずいた。

「慎が同世代で心を許してる人間は、どうやら君だけだから」と言った。

「そんな……」わたしは、つぶやいた。

「いや、そうだと思う。慎が14歳のときから5年間もつきあってきた私が言うんだから、間違いないよ。慎は、君と出会ってから明らかに変わったし、君に想いを寄せているのがわかるよ。あいつはいま19歳だから、7年遅れてやってきた初恋って事かもしれないね」

「7年？」

「ああ、〈7年遅れの初恋〉……。青春映画のタイトルにはいいかもしれない」そう言って監督は微笑した。わたしには、どう答えていいか、わからなかった。ただ、あのときの事を思い出していた。

慎に変装をさせて、角田青果店のサトミのところに連れていき、ツーショット写真を撮ってあげた。そのあと、防波堤で話していたとき、慎はわたしの横顔をスマートフォンのカメラで撮った。

〈やだ……。なんで、わたしなんか撮るの？〉と訊くと、〈……君の真剣さが……すごくきれいだから……〉と慎が言った。そのときをわたしは思い出していた。そんな慎の、ひどく遅い初恋……。その監督の言葉に、自分の頬が赤くなっているのがわかる……。

「私は慎をスカウトして、この芸能界に引っ張り込んだ。だから、彼の先々には責任のようなものを感じててね……」と監督。ちらりと腕時計を見た。

「近くに車を待たせてあるんで、今夜はこれで失礼するよ」とわたしに微笑した。

「とにかく、慎の事はよろしくね。また連絡するから」そう言い、一万円札を置いて店を出ていった。

「そんなとこにいないで、出てきたら」わたしは、グラスを洗いながら言った。

監督が帰っていった2分後だった。濡《ぬ》れた髪にタオルを巻いた愛が、姿を現した。

さっきから物陰でわたしと監督の話を聞いてる、それは小さな物音で気づいていた。

「ウミカ、大変だね。慎ちゃんにも好かれて……」と愛。わたしは苦笑。

「慎のまわりには、バラの花みたいに華やかなタレントさんたちが沢山いるでしょう。

だから、逆に、ワラビやゼンマイみたいに地味な女の子に興味を持ったんじゃない？」と言った。

「ワラビやゼンマイか……」と愛。妙に納得している。

「ソフトボール？」わたしは訊き返していた。

体育の授業で、愛はソフトボールをやったという。わたしは、うなずいた。わたしがあの中学に通っていた頃も、武田の授業でソフトボールをやったのを思い出していた。

最近の中学生はすぐ退屈するから、ゲーム性のあるものを取り入れているようだ。といっても、女子中学生の手だと、本物のソフトボールは大きすぎる。そこで、黄色いテニスボールを使っていた。バットもプラスチックで出来たオモチャみたいな軽いものだった。

それを使って、ソフトボールまがいの事をやったものだ。きゃあきゃあと声を上げ、ボールを投げたり走ったり……。それなりに楽しかったのを覚えている。愛の話だと、武田の授業ではいまも同じ事をやっているという。

「でも、わたし、赤っ恥かいちゃって……」と愛。

そのソフトで、愛は二塁を守っていたらしい。そこにゴロが転がってきた。なんとかキャッチして、一塁に送球。ところが、それが大暴投。ボールは一塁を守ってた子の、はるか頭上を飛んでいき……。

「クラス中のみんなに大笑いされた」と愛。この子が、スポーツが苦手なのは、なんとなくわかっていたけど……。「そしたら、武田先生が、ボールの投げ方なら一郎に教わってこいよだって」と愛。わたしは、うなずいた。「それ、いいと思うよ」

「あっ、ダメだ！」愛の声が砂浜に響いた。

彼女が投げたテニスボールは、10メートルほど離れて立っているわたしが、まるで届かない方向に飛んでいった。

　わたしは、仕方なくそれを拾いにいく……。愛のそばにいる一郎も、苦笑いしている。

　午後4時。うちのそばの砂浜。愛にボールの投げ方を教えはじめていた。確かに、この子はかなり運動オンチのようだ。ボールを投げる動作も、ひどくぎこちない。

「まず、ボールの握り方だけど」と一郎。愛に教えはじめた。「それで……肩と腕をこう後ろに引いて」と、手取り足取り教えている。

　もう7月の後半。午後4時とはいえ、強い夏の陽が砂浜に射している。そんな明るさの中、愛に教えている一郎の姿……。わたしは、目を細めてそれを見ていた。そして思った。

愛は、確かに運動オンチだ。けれど、〈一郎に教えてもらえ〉というアドバイスは、武田の思いやりかもしれない……。教わっている愛はもちろん嬉《うれ》しそうだし、そして何より教えている一郎が、見た事がないほど柔らかい表情をしているのに、わたしは気づいていた。

妹の桃がソフトボールをはじめた頃、一郎が基本を教えたと聞いた事がある。

その日々は、もちろん戻らない。けれど、桃と同じ年頃の愛にボールの投げ方を教える事で、一郎の心にひとときでも安らぎが訪れるなら、それは悪い事ではないだろう。たとえひとときでも……。

いま夏の陽射しの中にいる二人を、わたしはじっと眺めていた。南からの海風がそっと吹き、サラサラと柔らかい愛の前髪を揺らせた。一郎に甘えているような無邪気な顔が、夕陽の色に染まっている……。

その夜、6時半。アジフライで晩ご飯を食べながら、愛がつぶやいた。「……一郎みたいなお兄ちゃん、欲しかった……」わたしは、微笑し、「大丈夫。あんたと一郎、本当のお兄ちゃんと妹みたいだったよ」と言った。

「そっかな……」と愛がつぶやいた。箸《はし》を止め、ぼんやりと宙を眺めている。その口の端に、ご飯が一粒ついている。わたしは、それをつまんであげた。

「嘘じゃないよ、本当の兄妹《きょうだい》みたいだった……」

「これは、使いやすい」と葛城。そのウロコ取りを握って言った。金《かな》タワシに短い柄をつけたお爺《じい》ちゃん特製のウロコ取りだ。

7月末。愛の中学は、きのうから夏休みに入った。そんな、木曜の定休日。わたしは朝早くから一郎とマヒマヒを釣りに海に出た。

午後2時までに、80センチぐらいのマヒマヒが三匹釣れ、店に持って帰ってきた。

店では、葛城が待ちかまえていた。スーツ姿ではなく、半袖《はんそで》のポロシャツを着てマヒマヒのウロコ取りをはじめた。

これには訳がある。5月初旬から、慎のファンが店に押し寄せ続け、店の売り上げもそこそこの金額になっている。そこで、つい1週間ほど前、葛城の信用金庫に5万円の返済をしたのだ。

たかが、借入金325万円のうちの5万円……。でも葛城に言わせると、それには大きな意味があるという。

1円の返済もされないのは、〈ただの焦《こ》げついた融資〉だが、たとえ5万円でも返済されれば、それは〈返済される可能性がある融資〉という扱いに変わるという。信用金庫にとって、その違いはとても大きいとも聞かされた。

なので、葛城が大っぴらにこの店を手伝える時間が出来たらしい。いまも木曜の午後にきて、マヒマヒのウロコを取っている。

マヒマヒは大きく、そのウロコも派手に飛ぶので、彼は店の外でやりはじめた。道端に大きなまな板を置き、お爺ちゃん特製のウロコ取りを使いはじめた。飛び散ったウロコが、眩《まぶ》しい陽射しに光る……。

そのときだった。そばで足を止めた一人の少女にわたしは気づいた。ジーンズにTシャツという姿なので、しばらくわからなかった。が、それは葛城の娘の里香だった。もう中学が夏休みなので私服……。母親に言われて、葛城の様子を探りにきたのだろうか。

里香は、額に汗をにじませウロコ取りをしている葛城を、じっと見下ろしている。何か、小馬鹿にしたような表情に見えた……。

やがて、彼女とわたしの目が合った。里香は、わたしに見つかると、くるりと背中を向け歩き去っていった。ウロコ取りに集中している葛城は、それに気づいていない。

そのとき、愛の笑い声が聞こえた。彼女は、また、すぐそばの砂浜で一郎にボールの投げ方を教わっている。はしゃいだような明るい笑い声が、海風に乗ってかすかに聞こえてきた。

もしかしたら、こんなに明るいあの子の笑い声を聞くのは、初めてかもしれなかった……。見上げれば、空の色はもう、完全に真夏だった。

その夜。10時。昼間ボール投げの練習をしていた愛は、疲れたのか、もうベッドで寝ている。

わたしは、一人でキッチンにいた。昼間釣ったマヒマヒを切り分けラップにくるみ、冷蔵庫に入れていた。それも一段落。手を洗っていると、外で物音がした。やがて、店のドアが開く。制服の警官が顔をのぞかせ、「ちょっと失礼します」と言った。警察の人……なんだろう……。

「実は、外に不審者がいて、パトロールしてて見つけたんですが」と警官。すぐそこの電柱の陰に隠れていた男を見つけ、警官二人が不審尋問したという。

「その男が、こちらの店に用があってと言うもので……」と警官は言った。そして連れてきた男。紺のパーカーのフードを頭にかぶっているのは、なんと慎だった。

27　心の開店準備がまだだから

「そんなに笑わなくても……」と慎。わたしは苦笑し、

「ごめんなさい。でも、この時間にフードかぶって電柱の陰に隠れてたら、不審尋問されるわよね」わたしは言った。カウンターにかけた慎にジンジャエールを出してあげた。

彼は、この店に来ようとしていたという。ところが、女性二人が通りかかった。ファンの人に見つかるとまずい……。彼はそう思い、つい電柱の陰に隠れた。そこに運悪くパトロール中の警官がきたという事らしい。

「でも、確かに大変そうね……」わたしは言った。慎のお父さんが衆議院選に立候補しそう……。そのニュースは毎日のようにメディアで流れている。もちろん必ず慎の事が報道されている。

「住んでるマンションの周囲はもちろん、どのホテルにいっても、記者やカメラマンが張り込んでいるから……」と慎。わたしはうなずいた。そうかもしれない。向井監督が言った通りになったようだ。

「海外へ？」思わず訊《き》き返していた。慎は、うなずいた。

「しばらく、日本から離れていようと思うんだ。このままだと周囲に迷惑をかけるし……」と慎。撮っていた映画の撮影は終わった。そこで、事務所の了解をとって休みをとり、海外に出るという。

「明日《あした》朝一番のフライトで……」

「で、どこへ？」

「とりあえずシンガポールに……」と慎。以前、映画のロケでシンガポールに滞在したという。そのとき、とてもリラックスできたらしい。肌に合う土地だと感じたという。

「だから、しばらくシンガポールに滞在して、気が向いたらほかの国へも足をのばすかな……」と言った。少し大きめのディパックが傍らにある。

「美味《おい》しい……」と慎。お箸を使いながら、つぶやいた。

夜中の0時過ぎ。お腹がすいたという慎に夜食を出したところだった。

それは、白身魚イサキのお茶漬けだった。今日、一郎の船でマヒマヒ釣りに出た。午後、港に戻ってきたとき、氷水に入っているイサキを三匹ほど見つけ、それももらってきたのだ。

イサキは骨が硬いので、注意深くさばき、それをさっとあぶりお茶漬けを作った。さっぱりしているけど、白身魚の旨《うま》みはでていると思う。そこにワサビと海苔《のり》を添えた。慎は、しみじみとした表情でお箸を使っている……。

それから、わたしたちはいろいろな話をした。お互いのこれまでの事、どんな子供だったか、どんな失敗をして育ってきたか……などなど。男の人と、こんなに長い時間話すのは、生まれて初めてかもしれなかった。

やがて、窓の外が、微《かす》かに明るくなってきた。午前4時過ぎ。わたしは、タクシーを呼んだ。

「じゃ、行くよ」と慎。デイパックを肩にかついだ。わたしは、店を出てバス通りまで送っていく。蒼《あお》く明けていく空。まだ薄暗いバス通りに、タクシーのハザードランプが鮮やかに点滅している。

「……気をつけてね……」とわたし。慎は、うなずいた。ジーンズを穿《は》きデイパックをかついだ彼は、出会った頃よりほんの少し逞《たくま》しくなったように見えた。

「……どこにいても、君を想ってるから……」ちょっと口ごもりながら、慎は言った。

そして、一瞬、わたしを抱きしめた。

やがてわたしの体を離すと、慎はタクシーに乗り込んだ。ドアが閉まりタクシーは動きだした。窓ごしに一度だけ彼は手を振った。わたしも手を振り返した。一気に上がってしまった心拍数を感じながら……。

やがて、タクシーは、ゆるいカーブを曲がり見えなくなった。


空の青さが目に痛い。そこにわき上がっている白い積乱雲が、目に眩しい。

8月の第二木曜。午前10時。わたしと一郎は、マヒマヒを釣るために海に出ていた。ルアーを流しはじめて気づいた。海の様子が、いつもと違う。海の上を鳥たちが活発に飛び回っている。カモメではなく、黒いミズナギ鳥が海面近くを旋回している。

「下に魚がいるな……。すぐかかるかもしれない」と一郎。舵《かじ》を握りながら、油断なく周囲を見回している。

その5分後だった。後方の海面がもり上がった。そして、リールがかん高い悲鳴を上げはじめた！

「でかい」と一郎。そう言いながら、もう船のギアをニュートラルに入れていた。釣《ロ》り竿《ッド》が大きく曲がり、リールは悲鳴を上げ続けている。

　一郎が、素早く動く。もう片方のルアーを海から上げる。わたしは、ロッドを握った。リールに手をかけた。けど、釣り糸《ライン》はどんどん出ていく……。

「大物!?」とわたし。

「かなり」と一郎。船のギアを後進に入れた。船は、ゆっくりとバックしはじめた。まだ、ラインが出ていくのは止まらない。

「落ち着いて」と一郎。わたしは、うなずいた。1メートルを軽くこえるマヒマヒが日本の沿岸にも回遊してくるという。これは、そんな相手なのか……。

　やがて、ラインが引き出されるスピードが落ちていく。そして、止まった。わたしは、リールのハンドルを握り、巻こうとした。けれど、全く巻けない……。ロッドは大きく曲がったままだ。

「時間がかかるな。頑張れ」と一郎。船をバックさせるスピードを上げた。すると、少しはリールを巻けるようになった。けれど、また魚が走りラインが引き出される……。

　それから、20分……。ラインを10メートル巻いては、10メートル引き出される。それを繰り返す。わたしの腕や額には汗が流れている。リールを巻く手のひらが汗で滑る。わたしは、手のひらをショートパンツで拭《ふ》く……。

　それでも、少しずつ魚との距離がつまっていく。60メートル、50メートル、30メートル……。一瞬、後方の海面に、青黒い魚の背が見えた。そのとたん、魚が海面下に走った。リールの悲鳴。わたしは、背中をのけぞらせロッドを立てた。

次の瞬間、体が後ろに投げ出された！


ラインが切れた。それがわかったのは、仰向《あおむ》けに倒れてしばらくしてからだった。

わたしは、呼吸をはずませながら、目を開いた。視界一杯に空が広がっている。すぐ近くで、「大丈夫か？」と一郎の声。どうやら、後ろにぶっ倒れたわたしを抱き止めてくれたらしい。

わたしは、まだ呼吸をはずませながら、一郎に体をあずけていた。

やがて、呼吸もおさまってくる……。すぐそばに一郎の顔があった。

「ケガしなかったか？」と一郎。「なんとか大丈夫みたい……」とわたし。

「ラインブレイクは、しょうがない。相手が、でかかったから」と一郎。白い歯を見せた。

ふと気づけば、お互いの顔がすぐ近くにあった。一郎の目が、真面目にわたしを見ている。二人の顔が近づいていく……。そしてお互いの唇も……。

そこで、ある記憶がわたしの心にプレイバックされた。

あれは、高二のときだった。

ボケナスなわたしにも、ボーイフレンドらしきものができた。同級生で、ハシダという子だった。ハシダは平凡なやつだったけど、お互いに好感を持っているのは、わかった。そして、夏のある黄昏《たそがれ》。わたしたちは森戸海岸の端にいた。いい雰囲気で、そろそろファースト・キスという感じだった。

ハシダがわたしの肩を抱き寄せた。唇と唇が近づいていく……。いよいよ……と、そのとき、ハシダが口を開いた。

「お前、魚臭くない？」と……。

わたしは、どきりとした。確かに、その日の昼間、店の手伝いで何匹か魚をさばいた。けれど、すごくよく手は洗ってきたつもりだ。それでも魚臭いとは……。

〈魚臭くない？〉のひと言で、その場の雰囲気は一気に盛り下がった。

あとあと奈津子にこの話をすると、〈あんた、魚ばっかり食ってるからだよ〉と言ったものだった。

それが冗談なのは、もちろんわかっている。けれど、〈魚臭い〉のひと言は、そのときのわたしの心を突き刺し、いまも、トラウマとして、なんとなく引っかかっているのは確かだ。特に男の人と一緒のときは……。

そんなわけで、わたしはまだファースト・キスにも縁がなく、18歳まできてしまったのだ。情けない事に……。

一郎と触れ合う寸前だった唇……。わたしはそっと離し、彼の胸に頬を押し当てた。

「ごめん……いま、汗まみれだし、まだ心の開店準備ができてないから……」と言った。一郎がうなずき、

「その開店準備は、いずれできるのかな？」と、微笑しながら訊《き》いた。わたしはうなずき、「たぶん……」と言った。「わかった……ゆっくり待ってる……」と一郎は白い歯を見せた。やがて、わたしたちは起き上がる。

「ああ……大きな食材に逃げられた……」わたしはつぶやいた。「また釣ればいいさ」と一郎。明るい声で言い、ロッドをつかんだ。

あたりには、まだ鳥たちが飛び回っていた。リールを巻き、切れてしまったラインの先を、海から上げる。仕掛けを作りなおし、新しいルアーをつけ後方に流した。また、船が進みはじめた。

わたしは、目を細め、眩《まぶ》しい海を見つめた。いつかは、心の開店準備ができ、一郎とそういう事になるんだろうか……。ぼんやりとそんな事を考えながら海を見ていた……。6ノットでゆっくりと進む船。海風が、わたしの髪やTシャツを揺らせ、にじんだ汗を乾かしていく……。

慎からラインがきたのは、その5日後だった。

〈シンガポールは暑いけど、すごく心地いいよ〉からはじまった。〈よかった〉とわたし。

〈ここに来て、気づいた事があるんだ〉と慎。〈それは?〉とわたし。

〈ここには、もちろんビジネスマンもいるけど、体や手を使って真剣に仕事をしてる人の姿がやたら目につく。それに気づいて、一種のショックだったよ〉と慎。

やがて、一枚の画像が送られてきた。それは、シンガポールの街角にある店らしい。山盛りになっているエビの殻をむいている東洋人の若い女性だった。一生懸命に手を動かし働いている姿、その真剣な横顔……。それを見ていると、いつか慎がわたしに言った言葉を思い出していた。〈君の真剣さが……すごくきれいだから……〉。

真剣さは、きれい……。一生懸命は、美しい……。慎が伝えようとしているそんな思いが、一枚の画像から伝わってくるとわたしは感じていた。

そして、カメラを手にした慎が、いま掴《つか》みかけているものが、わかってきた……。ふと見逃してしまいそうなさりげない一瞬でありながら、同時にかけがえのない耀《かがや》きを放っている一瞬というものが……。

わたしは砂浜にじっと立ち、スマートフォンの画面を見つめていた。

〈ところで、お父さんが立候補確実だって知ってる？〉とわたし。〈知ってるけど、どうでもいいよ〉と慎。

メディアによると、お父さんの選挙には、息子である慎の知名度がかなり有利に働きそうだという。

〈お父さんの計算通り？……〉と送ると、〈そうだとしても、全然驚かないよ。利用できるものは何でも利用する……。そういう世界の人さ。おれには関係ないけどね〉と返ってきた。

わたしは、午後の森戸海岸でそのラインを読んでいた。そう書いてきた慎の心の中には、いま、どんな思いがよぎってるのだろうか。血のつながりとは何だろう……。そして心のつながりとはいったい何だろう……。わたしは、ふと胸の中でつぶやいていた。

やがて、スマートフォンをエプロンのポケットに戻す。店に向かって歩く……。

店のドアには、10日前にやっと完成した〈ＯＰＥＮ〉のプレートがかかっていた。わたしと愛が一生懸命に作った、魚の形をしたプレート。

青く塗った魚のプレート。その中に、〈Ｗｅ　Ａｒｅ〉そして〈ＯＰＥＮ〉の文字が白と黄色で描かれている。何回も失敗したけど、なんとか完成した……。

上出来かどうかは、わからない。けれどとにかく二人で頑張って作ったものだった。

いま、そのプレートに斜めの陽射しが当たっている。森戸海岸から吹いてきた潮風に、プレートはかすかに揺れた。わたしは眼を細め、それを見つめていた……。

近くでは、オレンジ色をしたノウゼンカズラの花が咲いている。セミの鳴き声が、シャワーのように降り注いでいた。

海岸町の夏が、ゆっくりと過ぎていく……。


そして、9月。中学校の二学期がはじまった。

9月1日に始業式があり、その翌日。この日から、6時間の授業がはじまる。

その朝、愛を送り出した午前8時。わたしは、三〇個のお弁当を作りはじめていた。

中学校で販売するお弁当を……。

28　可哀想なトマトたち

「海果、折り入って相談がある」と武田から話がきたのは、7月末。一学期が終わろうとする頃だった。

生徒たちの基礎体力が落ちる一方だと武田。「原因は、はっきりしてる。食生活だ」と言った。

共働きの両親が増えた。シングルマザーやファーザーも増えた。その結果、中学生たちの食生活がどんどん貧弱になっているという。

「見えない貧困とか言われてるけど、本音を言わせてもらえば、世間が見て見ないふりをしてる貧困かもしれないな」と彼は言った。

「おれたちの目が届く学校での昼食も、質が低下する一方だ」

お弁当を持ってこられない生徒は増え続けているという。それは、わたしが中学生だった頃、すでに感じていた事だ。たとえお弁当を持ってきても、その中身がひどく粗末だったりしていた……。

「さらに弁当がない子は、コンビニのサンドイッチですませたり、購買部で調理パンを買う。それが、ときどきならいいが、毎日のようじゃまずい。育ちざかりの中学生なんだから……」と武田。

実際に、生徒たちの基礎体力、持久力、筋力などを測定すると、この10年で毎年落ちていく一方だという。武田は、体育大学でスポーツ選手の栄養管理を専攻していた。その事をわたしは思い出していた。

「とにかく、いますぐ対策が必要なんだ」と武田。

具体的な体力測定の数字を出し、職員会議で対策の必要性について提案したという。職員会議では、満場一致で通ったらしい。同じ事を感じていた教職員も多かったという。

「そこで、弁当業者に来てもらったよ」武田は言った。弁当の仕出し業者に、弁当のサンプルと見積もりを持ってきてもらったという。

「業者が持ってきた弁当は、３８０円だった」と武田。「弁当を持ってこられない生徒にとって、３８０円はちょっと高い。しかも、それほどの内容じゃなかった、栄養面から見ても……」わたしは、うなずいた。業者は利益を出す必要があるから、それは当然かもしれない。

「そこで、お前の事を思い出したんだ。お前が愛に持たせてる弁当を……」と武田。

「いくらなら、あれを作れる？」と訊《き》いてきた。以前、愛が〈お弁当を先生に褒められた〉と言っていたのを、わたしは思い出していた。

わたしは、「計画を立ててみる」と武田に言った。

けれど、すでにやる気になっている自分に気づいた。愛と似たような子たちがいるのを知っていたからだ。愛がマヒマヒのフライなどを美味《おい》しそうに食べていると、それを羨《うらや》ましそうに見てる子がいる事も愛から聞いていた。

「わたし、人に羨ましがられたなんて、人生で初めてだ……」と愛はぼそりと言ったものだった。

そして、愛がそういう子たちに、よくお弁当を分けてあげている事も聞いていた。なので、わたしはある時期から愛に持たせるお弁当、特におかずを増量していた。持ってきたお弁当の中身が貧弱な友達に分けてあげられるように……。それは、友達に感謝されているという。

「魚はなんとかなるわね」わたしは言った。店で、愛と一緒に計画を立てはじめたところだった。

10月の前半までは、マヒマヒが釣れる。それと入れ替わりに、ブリの幼魚であるイナダが釣れはじめる。これも、お弁当には向く魚だ。

「野菜は、角田さんから？」と愛。わたしは、うなずいた。

角田青果店からは、あれ以来、野菜を仕入れ続けている。慎を連れていって、娘のサトミとツーショットを撮ってあげた……。その翌週。サトミとお母さんが、お礼にトマトやキュウリやナスを持ってきてくれたのだ。

「店で売れないものなんですけど、こんなものでよかったら……」とお母さん。かなりたくさんのトマト、キュウリ、ナスをくれた。

きけば、角田青果店では地元の農家から直接仕入れているという。俗に〈三浦《みうら》野菜〉とか〈よこすか野菜〉と呼ばれている、三浦半島の農家が作る野菜だ。

「でも、見栄えが悪いのは、店に並べても売れなくて……」とお母さん。たとえば、大きさが不揃いだったり、形がいびつだったりするトマト……。かなり曲がってしまっているキュウリ……。ちょっとだけ虫に喰《く》われたナス……。

そんな野菜たちは、ひと皿いくらで安く並べてもなかなか売れないと表情を曇らせた。

わたしも愛も、うなずく。愛が小声で、

「やっぱ、戦力外通告された可哀想なトマトたちなんだ……」とつぶやいた。どうやら、そういう事らしい……。

以来、角田青果店からそういう戦力外の野菜をかなり安く分けてもらい、うちの店で使っている。いくら店先で見栄えが悪くても、切って料理してしまえば全く問題がないからだ。

8月の中旬、わたしと愛は角田青果店に行った。お弁当の相談に……。

店先では、娘のサトミも手伝っている。夏休みなのでTシャツ姿で……。わたしは、そんな店先を眺める。スーパーと同じように、きれいに並んでいる同じサイズのきれいなトマトたち。

そして、大きさがまちまちだったり、少し変な形のトマトは、店の隅に一皿いくらで並んでいる。が、売れている気配はない。魚市場と同じ事が、ここでも起きているらしい……。

わたしが、中学のお弁当の事を話すと、お母さんの目が輝いた。

「ぜひ手伝わせてくれる？　こんな野菜で良かったら……」と言ってくれた。そして、トマト一個もキュウリ一本も、すべて20円でいいという。

「それは、いくら何でも……」とわたし。

「いいのよ。だって結局、売れなくて捨てちゃうんだから」とお母さん。「農家の人たちが、汗水たらして作ってくれたものを捨てるのって、悲しくて辛《つら》いから……」と言った。そして、「それを誰かが食べてくれるなら、タダでもいいぐらい……」とつぶやいた。

店に戻ると、「ラタトゥイユも作れるね」と愛。「魚をソテーして、そこにラタトゥイユをかければ美味しそう」と言った。さすが、老舗《しにせ》洋食店の血筋……。「それ、ありだね」とわたし。そして、愛が店のテーブルでお弁当の原価計算をはじめた。

「一郎にもいくらか払う必要があるよね……船の燃料も使わせてるし……」わたしが言ったそのときだった。

「ばっかやろう」という声がした。店の入口に一郎が立っていた。「弁当の話は、武田から聞いてるよ。おれが、そんなはした金、受け取ると思うか？」と言って笑った。

〈１７２円！〉と愛。ノートに書いた。お弁当一個にかかる原材料費をトータルすると、そんな金額になるという。「で、いくらで売る？　経理部長」とわたし。愛は、しばらく考える……。そして、〈２８０円〉と書いた。

いま学校で売られている調理パン二個で、そのぐらいになるという。それなら生徒たちも買いやすいだろうと愛。

「オーケーイ」わたしは、手にしたボールペンで、その２８０円を丸で囲んだ。そばで見ている一郎も、腕組みしてうなずいた。


そして、いよいよ9月2日の朝。

「じゃ、あとでね」と言い、愛を学校に送り出した。

わたしは、腕まくり。お弁当の準備をはじめた。すると店のドアが開き、奈津子が入ってきた。あらかじめ、手伝いを頼んでおいたのだ。

「しかし、あんたも物好きだねえ」と奈津子。それでも、手際よく野菜を切りはじめた。彼女はウインド・サーファーなので、国内外で合宿する事も多い。料理をそこそこ出来る事は、わたしも知っていた。

10時を過ぎると、揚げ物をはじめた。食べやすい大きさに切ったマヒマヒをフライにしていく。今日のお弁当は、マヒマヒフライを2つに、タルタルソースをかけたもの。トマトとキュウリのサラダ。そしてご飯だ。

11時半。なんとか、武田に約束した三〇個のお弁当ができた。店の外に、一郎が運転する軽トラが停まった。その荷台にお弁当を積んでいく。店番は奈津子にまかせ、わたしは軽トラの助手席に乗った。一郎がアクセルを踏み、学校に向かう……。

学校では、すでに葛城が準備をしていた。お弁当を並べる台。そして、信金の人間らしく、おつりの小銭も用意していた。すぐ近くでは、パートらしいおばさんたちが、慣れた様子で調理パンを並べはじめた。

チャイムが響いた。4時間目が終わり、昼休み。生徒たちが廊下に出てくる。

一番先に来たのは、もちろん愛だ。同級生らしい女生徒を三人連れている。愛は、わたしに笑顔を見せる。同級生たちとにぎやかにお弁当を買っていった。わたしは、愛に仲のいい同級生たちがいる事に、少し胸をなでおろしていた。

お弁当を並べているところに、どんどん生徒たちが集まりはじめた。

珍しさもあるだろう。けれど、なんといっても、決め手は匂いだ。透明なプラスチックの容器は輪ゴムで閉じてある。けれど、そのすきまから揚げ物の匂いが漂っていく……。それが、生徒たちをひきつけるようだ。

お弁当は順調に売れていき、葛城が忙しくお金のやりとりをしている。

お弁当の残りが、三個になった。そのときだった。一人の女生徒が前に立った。わたしは、その子を見た。

葛城の娘の里香だった……。無表情で、立っている。やがて、百円玉を三枚、葛城にさし出した。葛城が、里香を見て一瞬驚いた表情を浮かべた。けれど、その5秒後、葛城は静かな表情でうなずいた。百円玉をうけとる。お弁当と、おつりの20円を里香に渡した。里香は、無言のまま。お弁当を持って、立ち去っていく。葛城が、その後ろ姿をじっと見ている……。

やがて、里香が廊下の角を曲がって見えなくなる。葛城は、台の上に視線を戻し、「残り二個だな……」とつぶやいた。そして、里香から受け取った三枚の百円玉をしばらく見つめている……。

里香が葛城に渡した３００円。そして、葛城が返した20円のおつり。そのやりとりに、どんな思いが込められていたのか……。わたしには、わからない。

葛城は、淡々とした表情で小銭の整理をしている……。その横顔を、わたしはしばらく見つめていた……。

29　そして、また夜は明ける

水平線から吹いてくる風が、屋上を渡っていく。

わたしは、校舎の屋上に一人でいた。フェンスに手を触れ、街並みの向こうに見える葉山の海を眺めていた。

ここに来るのは、卒業して以来、3年半ぶりだった。けれど、何も変わっていない。もう昼休みは終わり、5時間目がはじまっている。見下ろす校庭では、女子がソフトボールをやっている。武田の姿は見えるが、愛のクラスではないようだ……。

そのとき、南からの海風が吹き、わたしの胸もとで小さな貝が揺れた。

それは、愛と出会って間もない頃、あの子がくれた貝殻のペンダントだった。〈借りは作りたくないから〉と意地をはって、わたしに差し出したものだ。

たぶん砂浜で拾った白い貝殻……。制作費はタダに近いだろう。けれど、それがあの子なりの精一杯だったと、いまはもうわかっている。

　わたしは、その貝殻に指先でそっと触れた。愛と出会ってから数ヵ月のさまざまな出来事を思い返しながら……。


　スマートフォンに着信。シンガポールからのラインだ。

〈お弁当屋さんは、どうだった？〉と慎。〈三〇個全部売り切れよ。すごく嬉《うれ》しい〉と返した。このお弁当の件は、慎にはすでに知らせてある。

〈よかったね。売り上げは？〉と慎。〈たいした事ないわ。でも、それはあまり関係なくて……〉

〈じゃ、何が？〉と慎。わたしは、しばらく考える……。

〈世の中から必要とされていない、捨てられそうな魚や野菜を、ちゃんと食べ物として使ってあげられた……きっとそれが嬉しいんだと思う〉と返信。

　画面に〈既読〉の文字……。でも、しばらくラインがこない。5分ほどして返信がきた。

〈……いまは遠く離れてるし、ラインだから照れずに言うよ。……そんな君が、そんな君の姿が、世界中の誰よりも好きだ〉

　わたしの心拍数は、また上がりはじめていた。たぶん頬が赤くなっている。どう返事していいかわからない……。

そうしてるうちに、またラインがきた。ヤシの木のような画像だった。青空をバックに、葉がウチワみたいな扇形をした、変わった木。そこに〈これ、シンガポールでは『旅人の木』って呼ばれてるんだ。ちょっと良くない？〉という文字……。

わたしは、その画像をじっと眺めていた。……ふと気づいた。それは、カメラのレンズを上に向けて撮った画像だった。

いつもうつむきがちで、つねに下や斜め下に向けてレンズをかまえていた慎。それが、初めてレンズを上に向けて撮った一枚かもしれない……。それがわたしの気持ちを大きく揺らせていた。

日本を離れて過ごす日々の中で、慎はやはり、これだと思える何かを摑《つか》んだのだろうか……。彼にも、やっと心のレンズを上に向けられる日がきたのだろうか……。

わたしの胸は熱くなった。そして、その〈旅人の木〉の画像をじっと見つめていた。

どのぐらい、ぼんやりしていただろう……。気がつけば、6時間目が終わったらしい。校内がざわついている。

下校する生徒。部活をはじめた生徒。ただ、廊下でしゃべっている生徒……。

わたしは、一階におりて校庭に出た。まだ、夏を感じさせる明るい陽射しが校庭にあふれている。そんな校庭で、野球部が練習をはじめていた。

そして、ユニフォームを着た男の子たちの真ん中に一郎がいた。

まだ体が小さい選手たちは、二人一組でキャッチボールの練習をしている。紺のジャージを着た一郎は、そんな子たちに、優しく投球のアドバイスをしている。

ふと、校庭の隅にいるわたしと目が合うと、白い歯を見せた。わたしもうなずき返した。

あの武田が、以前から一郎に声をかけていた〈例の話〉とは、これだったのだ。

野球部のコーチをしてくれないかと……。それは一郎に対する武田なりの気遣いと思いやりだろう。けれど、一郎は、それを頑《かたく》なに断ってきたという。再び野球のボールやバットを握る気にはなれないと……。

けれど、ふとしたきっかけで愛にボールの投げ方を教えているうち、しだいに心の頑なさが溶けはじめたらしい。

同時に、ボールを投げるその手応《ごた》えや楽しさが一郎の中に甦《よみがえ》ってきたのかもしれない……。

そして、彼は再び野球のボールを握る事にした。その思いは、10日ほど前に聞かされた。そのとき、一郎はわたしに言った。

「トロいお前でさえ精一杯やってるのを見てたら、いまの自分が、ただ現実から逃げてるみたいで、なんか情けなく思えてさ」と……。そして、野球部のコーチを引きうけたという。

やがて、キャッチボールの練習は終わったようだ。

男の子たちがグラウンドに散った。一郎は、ホームベース付近でバットを握った。

「サード！」と言い、三塁線にゆるいゴロを打った。サードの子がそれを捕球し、一塁に送球した。そして、内野手の練習がひと通り終わる……。

一郎は、「レフトフライ、いくよ！」と外野を指さして叫んだ。

そして、バットをひと振り。ボールを打ち上げた。近づいてくる秋を感じさせるウロコ雲が広がっている青い空に、白いボールがぐんぐんと伸びていく……。わたしは目を細め、それを見つめていた。

さまざまな人生の、新しいページがめくられようとしていた……。たかが1ページだけれど、確実な1ページが……。

その1週間後。午前5時。わたしと愛は、今日も魚市場に向かおうとしていた。

愛は、ま新しいナイキのスニーカーを履き、淡いピンクの可愛いTシャツを着ていた。

昨日《きのう》が、愛の13歳の誕生日だったのだ。わたしがスニーカーを、そして一郎がTシャツをプレゼントしてあげた。いま、愛はそれを身につけ、何かの花が咲いたような表情を見せている。

わたしは、左手にポリバケツを持った。愛は、右手にポリバケツを持った。やがて、愛がふと地面を見つめた……。そして、

「わたし……ウミカと出会ってなかったら……」と、しんみりした小声でつぶやいた。さまざまな想いがあふれたのか、いまにも泣き出しそうだった。わたしは、3秒ほど考える……。

「いいじゃない、出会えたんだから」と言って微笑した。あいている右手を差し出した。愛が、目尻《めじり》をぬぐった。そして、その左手でわたしの右手をそっと握った。こうして手をつないで魚市場にいくのは、初めてだった……。

人には、自分が誰にも必要とされないと感じる瞬間があるかもしれない。けれど、この世界には自分を必要としてくれる誰かが必ずいる……そう信じる事もできるのでは……。信じて、前を向く事もできるのではないか……。そんな思いが、ふと、わたしの胸をよぎっていた……。

愛の華奢《きゃしゃ》な手を、わたしはしっかりと握った。愛の手は、小さいけれど温かかった。

「さあ……そのTシャツ着てるところを一郎に見せにいこう」わたしが言うと、愛は無邪気な笑顔になり、うなずいた。

それぞれ、片手に持ったポリバケツを前後に揺らし、この子が好きだというミュージカル〈アニー〉の主題歌〈Tomorrow《トゥモロー》〉を二人で口ずさみながら、海岸通りを歩きはじめた。

　この5カ月で、愛の体重は2キロふえ、わたしの髪は4センチ伸びた……。そんなわたしの髪を、ひんやりと涼しい潮風が揺らしている。

　東の空が明るくなり、夜が明けようとしていた……。

あとがき

その年の3月、僕は仕事でハワイにいた。夏に向けた広告キャンペーンの撮影で、ホノルルに滞在していた。

滞在4日目。ロケハンを終えた僕とスタッフの一人は、昼下がりのダウンタウンをぶらぶらと歩いていた。

いく手に一軒の青果店があり、僕は足を止めた。明日《あした》の朝のためにパパイヤを買おうと思ったのだ。

店主は中国系のようで、一人の女性客がトマトを選んでいた。客の彼女は白人で、30歳ぐらい。ハワイのローカルらしく、ほどよく陽灼《ひや》けした脚に、白いナイキが似合っていた。僕らと目が合うと微笑し、「アロハ」と言った。

彼女はかなりの数のトマトを選んでいる。それを何となく見ていた僕は、ある事に気づいた。

彼女が選ぶトマトは、形がいびつだったり、表面に傷があるものばかりだった。

やがて、彼女は10個以上のトマトを選び終えた。また僕らに微笑し、店主に「またね」と言った。

僕は、愛想良い笑顔を見せている店主に、

「彼女、レストランでもやってるのかな？」と訊《き》いた。彼はうなずき、「イタリアン・レストランをやってるんです」と言った。ベレタニア通りで店をやっているという。

「店は小さいけど、すごく美味《おい》しいですよ」と店主。相変わらず愛想良く言った。僕らはうなずいた。

そして、午後6時過ぎ。僕らはベレタニア通りに車を駐《と》めた。彼女の店は確かに小さかったけれど、清潔でいい匂いにあふれていた。まだ客はいない。彼女は僕らの顔を見ると「あら」と言った。

僕らはカウンター席につき、彼女と向かい合った。

やがて、魚介類のパスタが出てきた。ハワイ語でUKU《ウク》という白身魚とエビの入ったトマト味のパスタは、やはり絶品だった。

それはそれとして、僕は彼女に訊いてみた。

形がいびつだったり、表面に傷があるトマトばかりを彼女は選んでいた。それには何か理由があるのかと……。彼女は微笑し、

「そういうトマトって、結局、売れ残って捨てられるでしょう？」と言った。そして、

「捨てられるために育つトマトなんていないのに……」とつぶやいた。

その頃、フードロスという言葉はまだあまり注目を浴びていなかった。けれど、彼女がふとつぶやいた、

〈捨てられるために育つトマトなんていないのに……〉という言葉は、僕の心に刻み込まれた。ベレタニア通りを渡るサラリとした風とともに……。

時は過ぎ、葉山を舞台にシーフード料理の物語を書くと決めたとき、僕の胸にあったのは、まさにこの事だ。

〈捨てられるために育つ野菜などいない〉

〈捨てられるために獲《と》られる魚もいない〉

そんなメッセージを、今回の物語の主人公である18歳の海果《うみか》と12歳の愛《あい》に、僕は託した。

家族に捨てられた孤独感をかかえ、それだからこそ、捨てられそうになる魚や野菜を思いやる少女二人……。

彼女たちは、閉店寸前になっている店を立て直していけるのだろうか……。僕は、祈るような気持ちでこのストーリーを書き続けた。

その結果、料理と店をモチーフにした作品でありながら、それぞれの寂しさを胸に

かかえた湘南《しょうなん》少女たちの友情物語にもなったようだ。

サイドディッシュとしては、淡く不器用な恋、さまざまな人生模様、そして海岸町ならではの潮風を添えてみた。

海がくれたひと皿……。

海がくれた愛……。

そんな切なさと希望の物語になったと思う。


この作品を完成させるにあたっては、KADOKAWAの角川文庫編集部・光森優子さんとのダブルスだった事を記して感謝します。

縁あってこの作品を手にしてくれた読者の方々には、ありがとう！　また会えるときまで、少しだけグッドバイです。


ゆったりと夏が過ぎていく葉山で　喜多嶋　隆

〈喜多嶋隆ファン・クラブ案内〉

長年にわたり愛読者の皆さんに親しまれてきたファン・クラブですが、現在はFacebook 上で展開しています。

★お知らせ

僕の作家キャリアも40年になり、出版部数が累計５００万部を突破することができました。そんなこともあり、この10年ほど、〈作家になりたい〉〈一生に一冊でも本を出したい〉という方からの相談がきたり、書いた原稿を送られてくることが増えました。

その数があまりに多いので、それぞれに対応できません。が、そのことが気にかかっていました。そんなとき、ある人から〈それなら、文章教室をやってみてもいいのでは〉と言われ、なるほどと思いました。少し考えましたが、ものを書きたい方々のためになるならと思い、ＦＣ会員でなくても、つまり誰でも参加できる〈もの書き講座〉をやってみる決心をしたので、お知らせします。

講座がはじまって約5年になりますが、大手出版社から本が刊行され話題になっている受講生の方もいます。作品コンテストで受賞した方も複数います。

なごやかな雰囲気でやっていますから、気軽にのぞいてみてください。（体験受講

あります）

喜多嶋隆の『もの書き講座』

（主宰）喜多嶋隆ファン・クラブ

（事務局）井上プランニング

（案内ホームページ）http://www007.upp.so-net.ne.jp/kitajima/〈喜多嶋隆のホームページ〉で検索できます

（Ｅメール）monoinfo@i-plan.bz

（ＦＡＸ）０４２・３９９・３３７０

（電話）０９０・３０４９・０８６７（担当・井上）

※当然ながら、いただいたお名前、ご住所、メールアドレスなどは他の目的には使用いたしません。

書店員の僕が、いま喜多嶋隆という作家を推す理由

名《な》智《ち》理《おさむ》（有隣堂　STORY STORY YOKOHAMA）

喜《き》多《た》嶋《じま》隆《たかし》の小説は、人生の航海を照らす灯台だと思っている。

中学生の頃に、父親から譲り受けて読んだのは、『夏物語』という短編集だった（エルトン・ジョンなどの古い洋楽を好きになったのもその頃だ）。そこに描かれるオトナの恋や友情や孤独にドキドキしながら、行ったことのないハワイの太陽と潮風がさわやかに心の中を吹き抜けるのを感じた。

それ以来、自分の成長とともに、折に触れて喜多嶋隆の小説を読む事は、あの頃と同じように小説の中を照らす太陽や吹き抜ける潮風に素直に身をゆだねられるかどうか、それは僕にとっての大事な心の定点観測のようなものになった。

今回の新作、『潮風キッチン』は自分で人生を切り開いていく事のほかにも、親子

や家族の問題、子どもの貧困、フードロスといった社会問題も絡んでいる。

けれども、ディテールは抜きにして、いつもの喜多嶋小説のように、ヒーローではない人たちが、人生の転機に遭遇し、押しつぶされそうになりながらも、ときに寄り添い、ときには一人だけで困難に立ち向かっていく……そこは昔のまま変わらない。

今回は、葉山《はやま》の海でとれる魚介を使った料理が物語に彩りを添える。売り物にならない傷物の魚介を拾ってきて作られる新鮮なメニューたち。

タコ飯、シーフードスパゲティ、マヒマヒのバーガー……。

美味《うま》いに決まっている。お腹が何度も鳴った。

また、いつものように洋楽の名曲が随所にちりばめられている。ユニークに思うのは、喜多嶋作品では定番なのだけれど、登場人物自身が音楽プレーヤーを再生して、そのシーンにBGMを流すこと。他の小説ではなかなか見られない。

ビートルズやテンプテーションズ、ザ・ドリフターズ（「全員集合！」の方じゃないよ）、キャロル・キング……そして僕の大好きなエルトン・ジョン。

意見の違いでちょっぴりけんか腰になったあと、パスタを噛《か》みしめながら友情の芽生えを再確認する主役の女の子2人の気持ちに重ねるように、〈You've Got A Friend《ユーヴ・ゴット・ア・フレンド》〉。

漁港の市場で、傷物ではねられたサバにみじめな境遇の自分を重ね合わせて悲しむ女の子の気持ちに寄り添うように〈Goodbye Yellow Brick Road《グッバイ・イエロー・ブリック・ロード》〉が流れる。


STORY STORY YOKOHAMA と僕が、いま喜多嶋隆という作家を特に推す理由。

ただ懐かしいからじゃない。

喜多嶋隆の物語のキャラクターたちはいつも困難に遭遇した時、戸惑い、挫《くじ》けそうになりながらも彼らなりの「人生の流儀 Way of Life」を見つけて歩き出す。

そのまなざしや後ろ姿はきっと、リアルタイムのファン世代だけではなく、今という困難な時代に船出した若い世代にも変わることなく灯台の光のようにまっすぐ届くはずだ。(Old school な変わらないカッコよさが伝わるといいな)。


売場でこんな光景に出会った。

親子連れ。父親は50代くらい。娘さんは10代後半から20代前半。

娘さんが喜多嶋隆コーナーで立ち止まって本を眺めていた。

そこへ父親。「お、懐かしいね」

「お父さんも読んだことあるの？」

「うん。若いころは結構読んだかな。わりと女の子が主人公で……」と説明。

結局、娘さんは1冊手に取り、レジに向かった。

これこそ、僕が求めていたもの！

新作『潮風キッチン』から、そんな風な、新たな読者と本の出会いが広がることを願って。

本書は書き下ろしです。

潮《しお》風《かぜ》キッチン

喜《き》多《た》嶋《じま》 隆《たかし》

令和3年 9月25日 初版発行
令和6年 11月15日 7版発行

発行者●山下直久

発行●株式会社KADOKAWA
〒102-8177 東京都千代田区富士見2-13-3
電話 0570-002-301（ナビダイヤル）

角川文庫 22819

印刷所●株式会社KADOKAWA
製本所●株式会社KADOKAWA

表紙画●和田三造

●お問い合わせ
https://www.kadokawa.co.jp/（「お問い合わせ」へお進みください）
※内容によっては、お答えできない場合があります。
※サポートは日本国内のみとさせていただきます。
※Japanese text only

ISBN 978-4-04-111315-8 C0193

◆◇◇

角川文庫発刊に際して

角川源義

第二次世界大戦の敗北は、軍事力の敗北であった以上に、私たちの若い文化力の敗退であった。私たちの文化が戦争に対して如何に無力であり、単なるあだ花に過ぎなかったかを、私たちは身を以て体験し痛感した。西洋近代文化の摂取にとって、明治以後八十年の歳月は決して短かすぎたとは言えない。にもかかわらず、近代文化の伝統を確立し、自由な批判と柔軟な良識に富む文化層として自らを形成することに私たちは失敗して来た。そしてこれは、各層への文化の普及滲透を任務とする出版人の責任でもあった。

一九四五年以来、私たちは再び振出しに戻り、第一歩から踏み出すことを余儀なくされた。これは大きな不幸ではあるが、反面、これまでの混沌・未熟・歪曲の中にあった我が国の文化に秩序と確たる基礎を齎らすためには絶好の機会でもある。角川書店は、このような祖国の文化的危機にあたり、微力をも顧みず再建の礎石たるべき抱負と決意とをもって出発したが、ここに創立以来の念願を果すべく角川文庫を発刊する。これまで刊行されたあらゆる全集叢書文庫類の長所と短所とを検討し、古今東西の不朽の典籍を、良心的編集のもとに、廉価に、そして書架にふさわしい美本として、多くのひとびとに提供しようとする。しかし私たちは徒らに百科全書的な知識のジレッタントを作ることを目的とせず、あくまで祖国の文化に秩序と再建への道を示し、この文庫を角川書店の栄ある事業として、今後永久に継続発展せしめ、学芸と教養との殿堂として大成せんことを期したい。多くの読書子の愛情ある忠言と支持とによって、この希望と抱負とを完遂せしめられんことを願う。

一九四九年五月三日

角川文庫ベストセラー